為孩子解讀

# 《水滸傳》

李天飛 著

中華教育

# 目錄

# 《水滸傳》為甚麼要叫「水滸傳」？

　　現在你看到的這本小書，講解的是名列古典小說四大名著之一的《水滸傳》。

　　古代的小說，名字都很通俗易懂。《西遊記》就是「向西邊遊歷的記錄」；《三國演義》就是「三國時代的故事」；《紅樓夢》，看名字也能大概猜出來是「富貴人家裏的夢幻經歷」。無論如何，書名裏肯定沒有你不認識的字。

　　可《水滸傳》名字裏偏偏有一個難認的「滸」字。很多人把它讀成「許」。過去有個笑話，說有個不懂裝懂的人吹牛，說：「我昨天看了本好書，叫《水許（滸）傳》，裏面有個好漢名叫李達（達），手拿兩把開山大爹（斧），有萬夫不當之男（勇）。」雖然是笑話，也可以知道，「滸」這個字實在不常用。我敢打百分之一百的包票，你如果認識這個「滸」字，一定是

1

從這個書名裏認識的。

還有一個很可愛的小朋友問我:「《水滸傳》為甚麼不叫《火滸傳》呢?」我剛要回答,他又接着問,「《紅樓夢》為甚麼不叫《藍樓夢》呢?」我於是徹底不知道怎麼解釋了。

其實,「滸」這個字,最早見於《詩經》,就是水邊的意思。江邊叫「江滸」,河邊叫「河滸」。讀過《水滸傳》的你肯定知道:一百零八條好漢聚義的地方,是在一個叫「梁山泊」的大湖泊裏——當然是湖裏的陸地,好漢們總不能像魚蝦螃蟹一樣住在水裏。所以《水滸傳》就是「發生在水邊的故事」(有的英譯本也是這樣翻譯的)。

在這裏,你要弄清楚一件事。像《水滸傳》《西遊記》《三國演義》這樣的小說,並不是某個作家坐在家裏,一拍腦袋,今天我寫本小說吧,於是一段一段寫起來——這些書並不是這樣產生的。

在明代的這幾部小說寫成之前,社會上早就流傳着許許多多好漢故事、取經故事、三國故事,而且流傳了幾百年。《水滸傳》《西遊記》《三國演義》只是把這些零散故事串起來,然後做一些加工,才編成這樣一部部大書。這叫「世代累積型小說」。在民間流傳的那些故事,就叫「原型」。

《水滸傳》裏「水」，就是梁山泊，當然是有地理上的原型的。梁山是一座山，在今天山東省西南部的梁山縣。梁山周圍的水面，在宋代就叫梁山泊（或者叫「梁山濼」）。梁山泊今天已經全乾了，但在古代很長的時間裏，這裏一直有一片很大的水面。

　　春秋到漢代，這裏叫「巨野澤」（湖泊是脆弱而多變的水體，邊界經常變化，巨野澤和梁山泊的邊界並不一樣），是全國著名的九個大湖之一。這個地方在黃河的下游，五代以後，黃河經常決口。後晉天福九年（994 年），黃河在滑州（今天河南滑縣）決口，大水向東漫流，淹沒了許多州縣，最後在梁山周圍聚積起來，將原來的巨野澤擴大，就叫梁山泊。所以梁山泊是五代之後才有的名字。

　　此後黃河經常決口，梁山泊就越來越大，也越來越有名。北宋有一個笑話，說有人給王安石提建議，把八百里梁山泊的水排乾，改成良田，王安石乍一聽很高興，轉念一想說：「這麼多水排到哪去呢？」另有一人打趣說：「在旁邊再挖一個八百里的湖，不就得了嗎？」

　　從南宋到元代之後，因為黃河改道，梁山泊失去了水源，不斷乾涸、縮小。原來的水面大片大片地變成了陸地。今天還

留下唯一的一片水面，叫東平湖。這個湖離梁山已經有三十多里。梁山有山沒水，東平有水沒山，所以兩個地方為了發展旅遊業，一直在爭梁山好漢的大本營。

說到湖泊，你可能會想到青海湖、貝加爾湖、杭州西湖這樣的開闊水域。其實梁山泊之所以能聚集人馬，是因為它的很大區域屬於「濕地」。

濕地的水比較淺，雖然也能夠行船、打魚，但最大的特徵就是港汊縱橫，茫茫蕩蕩的蘆葦和零零星星的陸地把水面分割得七零八碎。水道東一條西一條，像迷宮一樣。而且隨着水位升降，地形還不停地變化，初來乍到的陌生人很容易迷路。這種地方特別適合藏人馬，打埋伏。大隊人馬來攻打，根本摸不着人。

所以當這裏還是巨野澤的時候，就是游擊武裝和強盜的歡樂谷。漢高祖劉邦的大將彭越，就在這裏打魚，身邊漸漸聚集了一百多弟兄起兵反秦。到了宋代，這裏「周圍港汊數千條，四方環繞八百里」，更是一個很好的根據地。當時這個地方屬鄆州管理，苛捐雜稅特別多。許多漁民忍無可忍，只能進梁山泊當「強盜」。所以這裏又叫「漁者窟穴」。《水滸傳》裏三阮兄弟，就住在梁山泊旁以打魚為生。他們對吳用抱怨，官府壞

得很，一下鄉就騷擾百姓。雖然是文學故事，卻是宋代梁山泊附近漁民的真實寫照。

不光這裏，只要有這種地貌的濕地，都適合藏人馬、打游擊。春秋時還有一個「崔苻之澤」，裏面長年累月住着「盜賊」。甚至「崔澤」都成了一個詞，專指反抗官府的武裝出沒的地方。今天雄安新區的白洋淀（「淀」就是淺水湖，梁山泊的一部分，曾經叫「茂都淀」），還保留着華北濕地的基本樣子，而那裏正是抗日戰爭時游擊隊的重要戰場。

梁山雖然是一座很有名的山，然而你如果去現場看一看的話，會感到很失望。因為這座山主峰的海拔高度只有 197.9 米（海拔是從海平面起算，如果從當地的地面海拔 47 米算起，只有 150 米），這只相當於埃及胡夫金字塔的高度。既沒有天險可守，也沒有深谷可藏。今天山上還有山寨，那只是當地為了發展旅遊新修的而已。這座山沒甚麼稀奇，梁山泊之所以易守難攻，在水不在山。難怪書名裏要把「水」之「滸」一再強調了。

除了地理上的原型，《水滸傳》還有許多人物上的原型。

在《水滸傳》裏，統治着梁山泊這片水面的首領，名叫宋江。他是一個真實的歷史人物。

宋江留下的事跡很少，根據史書上零零星星的記載，我們知道他是北宋末年的起義軍首領，這支隊伍連他的弟兄們一共三十六個人（這三十六個人也許各自有隊伍）。他具體在哪里打過仗呢？有人說他是「淮南盜」，就是今天的安徽；也有人說他「橫行齊、魏」，就是今天的山東、河南；還有人說他「起河朔」，那就是河北、山西他大概也去過。大概整個華北，他都應該到過；但或許是人數不多，沒有補給，哪里都住不長。

　　但是這個真實的宋江打仗十分厲害，比《水滸傳》故事裏的宋江可厲害多了。史書上說他「勇悍狂俠」，數萬官軍，都不敢和他交鋒。後來他中了名將張叔夜的埋伏，才投降了朝廷。後來可能還跟隨官軍去平定了江南方臘的起義。

　　有意思的是，沒有甚麼證據證明這位真實的宋江和梁山泊有關係。他也許根本沒去過梁山泊，當然，憑他喜歡帶隊伍東奔西跑的愛好，去短暫地駐紮過一段時間，也不是完全不可能。

　　隨着他的故事漸漸有名，大概元代的時候，山東的許多戲曲、評書，就把梁山泊這座歡樂谷說成是他的大本營了。這位真實的宋江，我們並不知道他是哪里人。既然梁山泊成了他的大本營，就乾脆把他的老家安排在山東鄆城縣——梁山泊的邊上了。

　　宋江的三十六個弟兄裏，只有他自己留下了名字，其餘的

都不知道是誰了。這麼一支英雄隊伍，總不能都沒有名字啊！

於是，到了南宋時期，人們就開始給這三十六個人起名字、編故事（當然可能也有些原型）。楊志、武行者、魯智深、劉唐等人的故事，就是這時候流傳開來的。

南宋有個人叫龔開，寫了一篇《宋江三十六贊》，這裏面出現了完整的三十六人的名單（和今天《水滸傳》不同的是有晁蓋、孫立，沒有公孫勝、林沖）。到了元代，出現了一本書叫《大宋宣和遺事》（宣和是北宋末年宋徽宗的年號），把這些人的故事寫得更詳細。後來大部分都被吸收到今天流傳的《水滸傳》裏了。

大概是《水滸傳》還嫌三十六個人不夠熱鬧，又編出七十二個人來，借用民間傳說的三十六天罡、七十二地煞的說法，湊齊了一百零八將。

以上就是梁山一百零八將故事出現的大概過程。以後我們聊《水滸傳》，會經常用到這些最基礎的知識。

但是，《水滸傳》裏除了許多發生在「水滸」的故事，還有一些發生在「山邊」的故事痕跡。這些痕跡像遊戲裏的「bug」（漏洞），有時候簡直讓人莫名其妙。

你如果讀過智取生辰綱的故事，就會知道，晁蓋、吳用等

七個人在黃泥岡上定下巧計，騙楊志喝了蒙汗藥酒，搶走了大批金銀財寶。這個黃泥岡，書裏竟然說在太行山：

> 頂上萬株綠樹，根頭一派黃沙。嵯峨渾似老龍形，險峻但聞風雨響。山邊茅草，亂絲絲攢遍地刀槍；滿地石頭，磢可可睡兩行虎豹。休道西川蜀道險，須知此是太行山。
> （第十六回）

這可奇怪得很了。太行山在河北和山西交界處，而梁山泊在山東。你打開地圖看一看就知道，晁蓋的家鄉鄆城縣，就在梁山泊邊上，離太行山三四百里呢。他們能跑這麼老遠去截生辰綱嗎？

真實的梁山是一座沒甚麼稀奇的小山，可是在書裏，第一次上梁山的林沖卻看到這樣一番景象：

> 林沖看岸上時，兩邊都是合抱的大樹，半山裏一座斷金亭子。再轉將過來，見座大關，關前擺着刀鎗劍戟，弓弩戈矛，四邊都是擂木炮石。小嘍囉先去報知。二人進得關來，兩邊夾道遍擺着隊伍旗號。又過了兩座關隘，方才

到寨門口。林沖看見四面高山，三關雄壯，團團圍定。中間裏鏡面也似一片平地，可方三五百丈；靠着山口才是正門，兩邊都是耳房。（第十一回）

根據這段描寫，《水滸傳》裏的梁山，很像一座高大險峻、易守難攻的山寨。絕不能是平原上的小山包。

而且，在《水滸傳》出現之前，這些好漢經常被稱為「太行好漢」，有時候竟然說宋江他們「出沒太行」「風塵太行」。那麼到底這些好漢是太行山的呢，還是梁山泊的呢？

出現這樣的問題，是因為《水滸傳》還融合了一些其他故事。那就是南宋初年北方抗金忠義軍的故事。這比宋江活動的時間又晚了二、三十年。

原來，北宋被金國滅亡之後，在南方建立了南宋政權，北方落到金人的手裏。但是北方還有許多被打散了的宋軍。他們痛恨金人，希望恢復故國，就自發地組成了許多隊伍，和金人打仗。這些民間軍隊，統稱為「忠義軍」。

忠義軍要和金兵打游擊，正好河北、山西交界處的太行山，又高大又險峻，有多少兵馬都可以藏在裏面。很多忠義軍就在太行山裏建立營寨。這裏面可有許多不得了的大英雄，比

如抗金英雄岳飛，也在太行山打過幾個月的游擊。這裏是「山邊」，不是「水滸」。

忠義軍不是正規的官方隊伍，所以紀律很混亂。和金人打仗的時候，他們不愧為愛國英雄；可是一旦補給跟不上，也不免搶掠老百姓，幹些強盜勾當，甚至濫殺無辜。他們為了鼓舞士氣，也在隊伍裏講宋江故事。同時他們自己的抗金事跡也在民間流傳，久而久之，這兩套差了幾十年的故事就乾脆合二為一了。書裏險峻的「梁山」、發生在太行山的智取生辰綱，都應該和太行山裏的忠義軍有關。

而且，《水滸傳》裏的梁山好漢，有很多是軍官出身。比如魯智深做過提轄官，這是當年忠義軍隊伍的特徵。因為他們本來就是宋代的正規軍。而忠義軍的重要領袖梁青，很可能就是《水滸傳》裏浪子燕青的原型。

有的《水滸傳》版本，書名叫《忠義水滸傳》，甚至直接叫《忠義傳》，「忠義」這兩個字正是從忠義軍這裏來的。所以你會奇怪，明明是一部講造反的書，為甚麼「忠義」兩個字到處跑？甚至好漢們聚會的地方叫忠義堂，原因恐怕就在這裏。

山東的梁山泊與河北的太行山一樣，也適合埋伏人馬、打游擊，所以當時自然也有忠義軍在活動。太行山和梁山泊，同

樣流傳着好漢故事。不過，可能是因為山東這邊交通更便利，也可能是梁山泊的忠義軍願意把這些好漢儘量說成是山東人，所以傳來傳去，太行山那套故事逐漸消失了，或者合併到梁山泊故事裏來了。只在書裏留下了一些不顯眼的「bug」。於是，所有好漢的聚義地點，完全統一到梁山泊這個「水」之「滸」上來了。

## 《水滸傳》的作者是誰？

現在你拿起任何一本《水滸傳》，都會發現封面上寫着「施耐庵著」，有的還會寫「施耐庵、羅貫中著」。你語文考試的時候，也會考到這道題，答案肯定要寫施耐庵。

你對這件事或許已經習以為常了，就會覺得，這件事和1+1=2 一樣簡單。是啊，《平凡的世界》的作者是路遙，《哈利·波特》的作者是 J.K. 羅琳，《為孩子解讀〈水滸傳〉》的作者是我李天飛。那麼《水滸傳》的作者是施耐庵，難道有問題？

但是，這件事確實有問題。因為剛才提的三本書，都是現代人寫的。現代寫書的作者，和古代寫書的作者，是非常不一樣的。

第一章提到過，《水滸傳》和《西遊記》《三國演義》一樣，是「世代累積型小說」，也就是說，它不是一次寫成的，是經過幾百年，吸收了許許多多的歷史、民間故事的原型逐漸形成的。那麼，即便有一個人叫施耐庵，即便是他把這些故事串聯起來，他在這本書的創作中到底做了多少工作，也是個很不確定的事情。

　　也許施耐庵原創了許多內容，可這個人，歷史上幾乎找不到他的資料。他真名叫甚麼（「耐庵」顯然是個別號），家住哪裏，甚麼時代的人，他還有甚麼好朋友，我們一概不清楚。包括這個人是不是真的姓施，也要打個問號。我們對他的了解，絕大部分僅限於《水滸傳》書封上寫了這三個字而已。

　　為甚麼會這樣呢？

　　這還真不是施耐庵有這個問題，《西遊記》的作者也有這個問題。《西遊記》的作者，今天說是吳承恩，那只是清代以後人們推測出來的。其實現存最早版本的《西遊記》上，根本沒寫吳承恩是作者，而是寫了幾個含含糊糊的字「華陽洞天主人校」。這位華陽洞天主人僅僅是做了一番校對呢，還是原創了很多內容呢？是不是真名就叫吳承恩呢，也通通不知道。

　　此外，《三國演義》《金瓶梅》《封神演義》等小說，都有

這個問題。作者要麼不署真名，要麼署了真名，也不知道這個人的底細。

為甚麼會出現這種事情呢？這和古代小說的地位有關。

古代的文人，參加科舉考試才是正道，考上舉人、進士，就可以當官。這條路把大多數文人牢牢拴住了，有人甚至在這條路上耽誤了一輩子。不能當官，當教書先生、幕僚也行；甚至會吟詩作賦，給大官大商人做做幫閒，也能博個風流名士的雅號，有口飯吃。寫小說？那是上不得台面的事。因為通俗小說是給普通老百姓看的，自視為精英的文人不屑幹這種事。即便願意幹，也受不了旁人的冷嘲熱諷。他們寧願在給大官大商人拍馬屁的詩詞上署名，也不願意在小說上署名。

其實今天也一樣。在大多數人的觀念裏，大學畢業的年輕人要麼考公務員，要麼進學校、醫院等事業單位，要麼進大公司、大企業。去當自由寫手，寫網絡小說？大多數家長是不願意孩子走這條路的。當然我是例外，因為我已經做了家長，而且也不年輕了。

明代蘇州有個著名的文人叫馮夢龍，他才華很大，既懂得四書五經那一套，也會寫故事、編通俗小說。他的書就很有意思：凡是正經八百的「正道」書，比如和四書五經相關的，

蘇州地方志就收錄進去，算他的著作；像小說集《喻世明言》《警世通言》《醒世恆言》、民歌集《山歌》《掛枝兒》，就一概不收。因為不是正經書，官府老爺和精英人士看不上。

不但看不上，一些「三觀特別正」的精英人士甚至認為，寫這種通俗小說、戲曲，是有罪的！因為這些書不是打打殺殺，就是談情說愛，教年輕人學壞。這怎麼得了？一定要遭報應。所以清代有個叫鐵珊的官員，竟然對通俗文學作者百般惡毒咒罵：

施耐庵作《水滸傳》，子孫三代都成了啞巴。袁於令撰《西樓記》（寫一個書生和一個妓女的愛情故事），患舌癢症，自己把舌頭嚼爛了才死。高鶚續寫《紅樓夢》，終生窮困。王實甫寫《西廂記》，寫着寫着就倒在地上，自己嚼舌而死。金聖歎刻評小說，被殺了，而且沒有後代……

這還不是鐵珊自己胡編的，施耐庵、王實甫在地獄裏遭報應的迷信說法，明代就有流傳。這體現了社會上的一種風氣：看不起通俗文學。這種偏見，直到二十世紀才被扭轉過來。

但是，寫小說還必須有一定的文化，不是文人還幹不了。而且，有一些文人，是真正有才華，而且喜歡編故事。所以，他們該寫還是寫，只是不署名，或者不署真名。

施耐庵肯定不是真名，那麼他本名是甚麼，是甚麼年代的人，是個甚麼樣的人，幾百年來學者們爭論不休。

　　有人說他是宋代人，因為宋代確實有個叫「耐庵」的人，寫過一本書叫《靖康稗史》，可這也不好說。憑甚麼就說這個沒姓的「耐庵」就一定姓施呢？

　　有人說他就是元代作家施惠。施惠寫過一齣《幽閨記》的戲。這回倒抓着個姓施的了，可從沒有證據說他又叫耐庵。天下姓施的有千千萬萬呢，總不能只因為他姓施，就把他和施耐庵畫等號吧。

　　還有人說他叫施彥端，是江蘇泰州人。還有人說根本沒這個人，是明朝一個官員的化名，本名叫郭勛，封武定侯，喜歡寫小說。還有人說羅貫中（寫《三國演義》那位）是施耐庵的學生，施耐庵寫了《水滸傳》的前半段，羅貫中寫了後半段。但也都是猜，誰也沒有特別有力的證據。

　　但是《水滸傳》實在太好看，所以老百姓對這樣一個沒頭沒腦的施耐庵，竟然興趣十足。幾百年來，不停地有人認老鄉，甚至有姓施的人跑來認祖宗，說施耐庵就是他們村的人，他們家族全是施耐庵的後代子孫。這雖然不靠譜，但恰恰體現了通俗文學的巨大魅力。人們喜歡通俗文學家，敬仰他們，這種感

情，哪是那些頭腦鏽住的「精英人士」能懂的！

　　甚至今天，民間還流傳着許多施耐庵的故事。有的地方建起了施耐庵故居，甚至說施耐庵為了寫好武松打虎，專門爬到深山的樹上，看老虎怎樣捕食——這簡直成了《地球脈動》裏拍野生動物的攝像師，就差扛一台機器了。

　　關於施耐庵的故事還有很多，你只要記住一點就可以了：這個人是誰還沒有確定，任何和「施耐庵」有關的有鼻子有眼的故事，都是不可靠的。

　　不但《水滸傳》的作者搞不清楚，《水滸傳》的版本也非常麻煩。

　　我小時候遇到過這樣一件事：我和同學聊水滸故事，聊着聊着竟然吵了起來。因為我說武松過景陽岡之前喝了十八碗酒，他非得說不是十八碗，是十五碗！按照常理，兩個人中必然有一個記錯了。但我們都堅信自己沒記錯，最後只能打一架。

　　後來各自回家查書才發現，原來這場三碗酒的架是白打了：兩個人都沒有記錯，而是各自看的《水滸傳》本來就不一樣。不但故事不一樣，連回目都不一樣。他看的是一百二十回，我看的是七十回！

長大以後，我才發現《水滸傳》竟然有那麼多不同的版本，每一個版本的故事都不一樣：有的寫到梁山泊一百零八條好漢大聚義之後就完了；有的寫完大聚義，還寫他們打遼國、打方臘；有的除了打遼國、打方臘之外，還寫他們打田虎和王慶，甚至還新收了不少好漢（這些好漢很快又死掉了）。

　　出現這種混亂的事，也是因為《水滸傳》是慢慢形成的，而不是一次寫就的。而且古代沒有今天的版權觀念，水滸故事誰都可以編，誰都可以出版。有的嫌不熱鬧，在原來基礎上新添了故事；有的嫌麻煩，就刪掉一些。於是就出現了許許多多的版本。短的有七十回，長的有一百二十回。還有一百回、一百零二回、一百一十回、一百一十五回，甚至還有一百二十四回的。

　　大致說來，梁山大聚義之前的故事，各個版本都差不多，只有些文字上的差別，可能是同一個來源。但聚義之後，招安、打遼國、打方臘、打田虎、打王慶⋯⋯那就是書商們自己的發揮了。因為一百單八將一個一個地出現，一個接一個地上梁山聚義，這故事首尾比較完整，不太好改動。但聚義之後幹甚麼，去打一家敵人，還是打兩家三家甚至四家，就像積木一樣，是很容易拆卸插裝的——如果樂意，你編一段一百零八將

聚義之後西天取經，都沒人管。

因為聚義之後的故事太混亂，所以後面這些故事藝術上明顯不如前半段。一般認為，如果真有施耐庵的話，他創作的內容主要集中在聚義之前。

《水滸傳》的版本是一個極其複雜的問題，你今天不用特別關心。你仍然只需要記住一點就可以了：如果你看的《水滸傳》和別人的不一樣，不用擔心，也不用吵架，可能你們看的是完全不同的版本。（不過我這本書依據的是人民文學出版社出版的一百回本，所有引文也都出自這個本子。）

話說回來，講了這麼多，你遇到考試的時候，如果考到《水滸傳》的作者是誰，該怎麼答呢？

答案是：如果是填空、選擇題，給一個空，就答施耐庵；如果給兩個空，就答施耐庵、羅貫中，不會丟分。因為這已經形成了共識。當然，如果是簡答題，那就把我寫的這些揀重要的寫進去，一定能得高分。

如果考到武松到底喝了多少碗酒呢？那就不好說了，還是看看你的教材選用的哪個版本吧。

## 《水滸傳》故事發展的動力是甚麼？

汽車、飛機、輪船、火箭都有發動機。發動機提供了動力，汽車才可以開動，飛機火箭才可以上天，輪船才可以下海。

那麼，一部《水滸傳》，裏面的梁山好漢轟轟烈烈，幹了這麼多事情，是甚麼力量推動着他們不斷前進呢？

力量當然有很多。比如魯智深是因為打抱不平，林沖是因為高俅迫害，武松是為兄復仇，三阮是因為不甘寂寞……每個人都有不同的遭遇，這些我們會在後面的章節裏單獨提到。

那麼，有沒有一種力量，是這些英雄所共有的呢？或者說，有沒有一部總的「發動機」，推動着他們去幹這些英雄事業呢？

有的。我們不妨先看幾個故事。

《水滸傳》裏有個故事，叫花和尚倒拔垂楊柳。

花和尚魯智深降伏了二十多個潑皮（小混混），潑皮們帶着酒肉，來找魯智深吃喝。正喝酒時，忽聽門外一棵綠楊樹上，一窩烏鴉哇哇地叫。當時人迷信，認為烏鴉叫是不祥之兆——至少也吵得人煩躁。魯智深就帶着眾潑皮去看：

> 　　智深相了一相，走到樹前，把直裰脫了，用右手向下，把身倒繳着，卻把左手拔住上截，把腰只一趁，將那株綠楊樹帶根拔起。眾潑皮見了，一齊拜倒在地，只叫：「師父非是凡人，正是真羅漢！身體無千萬斤氣力，如何拔得起！」智深道：「打甚鳥緊！明日都看洒家演武使器械。」眾潑皮當晚各自散了。從明日為始，這二三十個破落戶見智深區區的伏[①]，每日將酒肉來請智深，看他演武使拳。
>
> （第七回）

　　拔樹有甚麼深刻意義呢？答案是，除了使一窩烏鴉遭遇了不幸之外（當然牠們會飛到別的地方重新築巢），沒有甚麼意義。放在今天，沒準兒還算破壞生態環境。

　　但是，這一拔真讓人痛快啊，真讓人熱血沸騰啊！事實

---

① 服服帖帖的意思。

21

上，這一拔也徹底征服了現場的小混混們。我如果在現場，也一定會「匾匾的伏」，巴不得向魯智深學幾招。

《水滸傳》還有個故事，叫武松打虎，說的是武松要回家看望哥哥，在景陽岡前遇到一個酒店。店小二告訴他，前面山上有老虎。武松不聽，喝了十八碗酒，硬闖上山，結果真的遇到了老虎。這又是一段讓人熱血沸騰的描寫：

> 　　武松將半截棒丟在一邊，兩隻手就勢把大蟲頂花皮胠膌地①揪住，一按按將下來。那隻大蟲急要掙扎，早沒了氣力，被武松盡氣力納定，那裏肯放半點兒鬆寬。武松把隻腳望大蟲面門上、眼睛裏只顧亂踢。那大蟲咆哮起來，把身底下扒起兩堆黃泥，做了一個土坑。武松把那大蟲嘴直按下黃泥坑裏去，那大蟲吃武松奈何得沒了些氣力。武松把左手緊緊地揪住頂花皮，偷出右手來，提起鐵錘般大小拳頭，盡平生之力，只顧打。打到五七十拳，那大蟲眼裏、口裏、鼻子裏、耳朵裏都迸出鮮血來。那武松盡平昔神威，仗胸中武藝，半歇兒把大蟲打做一堆，卻似躺着一個錦布袋。（第二十三回）

―――――――――
① 這裏是一下、一把的意思。

打老虎有甚麼意義呢？沒甚麼意義。過去老虎很多，打死一隻兩隻不算甚麼。今天老虎是國家保護動物，打死還要判刑。可能課堂上有人說武松打虎是「為民除害」，可是你看原文裏，武松遇到老虎之前，有一絲一毫為民除害的念頭嗎？

　　但你會覺得，無論是倒拔垂楊柳，還是武松打虎，你打心眼兒裏喜歡，雖然說不上來為甚麼喜歡。我一翻開《水滸傳》，總是最先看這兩段。梁山好漢，有些未必那麼招人喜歡，比如宋江。但唯獨這兩段，幾乎所有的人都愛看。甚至從民國開始，《武松打虎》就一直是必學課文。不必懷疑你的直覺，這是大多數人共同的直覺。這兩段故事為甚麼好看呢？

　　因為是生命力的奔放和宣泄，是所有人體內都潛藏着的衝動和本能，不分種族，不分古今。這是不需要附加任何「深刻意義」的。

　　如果你喜歡看外國文學的話，還會讀到海明威的《老人與海》。這個故事講的是一個叫桑迪亞哥的老人出海捕魚，連續八十四天沒有收穫，終於在第八十五天釣到一條巨大的大馬林魚。大魚拖着船往海裏走，老人死拉着不放，經過兩天兩夜的搏鬥之後，他終於殺死了大魚。

　　你可以對比着武松打虎，仔細讀讀老人與魚較量的那一

段。這兩段除了語言不同，有甚麼本質區別嗎？沒有。這邊虎在撲，那邊魚在跳；這邊武松的腳在踢，拳頭在砸；那邊老人的雙手在猛拽，脊背在用力。一樣是激烈對抗，一樣是拚盡全力，只是要得勝，無須更多解釋。

你當然不用去考證，人的力量能不能拔起大樹，能不能打死老虎，能不能戰勝大魚，這並不重要。重要的是，生命力是人類最可寶貴的東西，越是在自然、野性的環境中，就越容易展現。而精緻的、封閉的生活，很容易將它慢慢消磨。

今天的你，或許在大城市林立的高樓中宅着，或許從早到晚捧着手機刷着，或許從早到晚被各種補習班壓着……你學到的知識越來越多，你的智力開發得越來越全面，但需要提醒你的是：你身上的生命力可能漸漸離你而去了。

當然，不要妄想有老虎給你打了，毀壞樹木也是要罰款的。但是外面還有高山，有大海，有沙漠，哪怕這些地方你都去不了，一副啞鈴、一雙跑鞋、一輛山地自行車，都可以成為點燃生命力的火種。每個人都不甘平庸，希望發光，但發光的前提，是你總得有足夠的燃料吧？

了解了這一層，才會進一步了解：《水滸傳》行走江湖，快意恩仇，殺富濟貧，其實只是表象。而隱藏在表象之下的，

卻是梁山英雄充沛的生命力，是它充當着英雄們的「發動機」。

《水滸傳》的特點是一個英雄一個英雄地寫，每個英雄佔幾回。你如果挨個讀一讀就會發現，每個英雄，都至少有一個噴薄自己生命力的光輝時刻。

你可以看到少年史進在練武場上血氣方剛，劉唐向雷橫提刀挑釁，李逵和張順在潯陽江裏打鬥翻滾。阮氏三兄弟聽到吳用來遊說劫取生辰綱，阮小七說：「若是有識我們的，水裏水裏去，火裏火裏去。若能夠受用得一日，便死了開眉展眼。」這是何等的灑脫慷慨和意氣風發。

即便是最隱忍的林沖，聽到了陸虞候等人的密謀，也提着槍衝出山神廟，一口氣殺了陸虞候、富安、差撥三個奸賊。

即便是最有城府、心機最深的宋江，在潯陽樓喝多了酒，也一樣寫下了反詩：「他時若遂凌雲志，敢笑黃巢不丈夫！」有這一筆，宋江才有資格坐上梁山好漢的第一把交椅。

其實不只《水滸傳》如此，四大名著有很多這樣的精彩片段，比如《三國演義》裏的許褚裸衣鬥馬超，小霸王酣戰太史慈，張飛大喝當陽橋，虎牢關三英戰呂布……

比如三英戰呂布，你看到這裏，會忘記誰是正派，誰是反派，只有四個英雄各掄兵器，乒乒乓乓大戰在一起。劉關張固

然可愛，呂布也一樣可喜。這個時候，道義、正統、忠奸等早就退居二線了，只是滿紙的熱血沸騰，滿紙的生命力的張揚。

但是，限於《三國演義》的體裁，這些內容未免寫得簡略，通常大戰幾百回合就完事了。唯獨《水滸傳》，真的一拳一腳地去寫，那股生命力就真正洶湧澎湃、一瀉千里了。

《西遊記》裏孫悟空大鬧天宮也是這樣，你一定熟悉，就不多說了。甚至情感戲為主的《紅樓夢》也是這樣。晴雯雖然只是一個丫鬟，卻把賈寶玉收藏的好扇子一頓撕得乾淨；她重病時，又強挺着織補被火燒出洞的雀金裘，留下了「勇晴雯」的稱號。

中國人在明清之後，越來越講究溫文爾雅，講究忍讓克制，但這也是有代價的。到了晚清時期，上上下下陷入一片死氣沉沉，任人欺負，甚至連一聲吶喊的能力都被消磨掉了。

幸好，我們還有四大名著。四大名著之所以不朽，一個重要原因，是裏面的生命力在時時蓬勃跳動，為數百年沉默壓抑的人們保住了火種。

## 《水滸傳》該不該給孩子看？

這個話題，注定會很沉重。

首先，看到這個題目，你可能覺得很奇怪：《水滸傳》不是學校指定的必讀書嗎，不是四大名著之一嗎，為甚麼不能給我們看？

事情沒有那麼簡單。其實只要你從頭到尾通讀過《水滸傳》，就會發現，裏面有許多很殘忍、血腥的場面。

比如說梁山英雄在江州劫法場這一段：

晁蓋便叫背宋江、戴宗的兩個小嘍囉，只顧跟着那黑大漢走。當下去十字街口，不問軍官百姓，殺得屍橫遍野，血流成渠，推倒擷翻的，不計其數……這黑大漢直殺到江邊來，身上血濺滿身，兀自在江邊殺人，百姓撞着的，都

被他翻筋斗都砍下江裏去。晁蓋便挺朴刀叫道：「不干百
姓事，休只管傷人！」那漢那裏來聽叫喚，一斧一個，排
頭兒砍將去。（第四十回）

所以，有敏感的同學問我：「李逵這樣濫殺無辜，難道也
算英雄？」

不只李逵，很多梁山好漢都有「殺得性起」的時候。

武松為了報仇，血濺鴛鴦樓，殺了蔣門神、張都監、張團
練，可也殺了無辜的丫鬟、馬夫、僕人等，製造了一場滅門慘
案，後來在蜈蚣嶺又殺了個無辜的小道童。菜園子張青夫婦開
黑店，把過往的客人用藥迷倒，製成包子餡賣。

宋江更狠。他在江州被下獄，是因為黃文炳告狀。為了出
氣，他叫弟兄們連夜進入無為軍，殺了黃文炳全家，還把黃文
炳割碎了烤着吃了。為了逼秦明落草為寇，他竟然用栽贓的手
段，派人假扮秦明，去青州城外殺了許多老百姓。

這難道不是反人類反社會的罪行嗎？

所以，有人說《水滸傳》是中國人的「精神地獄」，是本
很壞的書，甚至有把《水滸傳》再列為禁書的提議。

其實，《水滸傳》的命運一直是非常坎坷的，明代就被一

些衞道士看着不順眼，列為禁書，清代也經常進入禁書的名單。原因是「誨盜」——教年輕人不學好，做強盜。至今民間還流傳着「少不看《水滸》，老不看《三國》」的說法。

也有人主張給《水滸傳》動動手術，把血腥場面、不人道的描寫都刪掉，做成節選本，再給孩子們看。事實上真的有人這樣做了。上世紀五、六十年代，香港曾經出版過一部「潔版水滸」，把原著裏很多殘酷場面都刪去了。

《水滸傳》難道真是一本不該閱讀的壞書嗎？當然不是。也許有老師會說，這是古代小說的歷史局限性，但這樣說未免太簡單，說服不了口味越來越挑剔、思考越來越深入的孩子。至少，我就遇到過幾個初中生問我：「《水滸傳》這麼殘忍，為甚麼我們要看它？」

實際上，如何評價《水滸傳》裏的「負能量」，涉及兩個大問題。

第一個問題是，我們閱讀古代文學作品的時候，應該有甚麼樣的心態？

你如果細看就會發現，《水滸傳》的作者，雖然寫了無數的兇殺場面，卻只當是很尋常的事。他並沒有刻意地說這種行為多麼正確，也沒有為這種行為辯護。

　　這其實涉及第二個問題:《水滸傳》對普通人的生命,是漠視的、「無感」的。這種「無感」,普遍存在於古代社會中。

　　今天的很多孩子,包括很多成年人,並沒有意識到:古代與今天比起來,是非常殘酷和不安全的。古人見到的死亡太多,生存也太過艱難。

　　造成大量死亡的首先是疾病。你可能從來沒見過家裏有人去世,但在古代,醫療條件很差,人因一場小病死亡是太常見的事。今天的剖腹產只是個小手術,古代難產可就十有八九要了產婦的命。而且,新生嬰兒很容易死亡。一對夫婦生五、六個孩子,有一兩個養不活的情況非常常見。

　　即便是條件比較好的文人階層,你去翻翻他們的文集,差不多都記錄過孩子夭折的事。平民百姓更不用說了,死亡對他們來說,簡直是家常便飯。如果鬧一場瘟疫,更是經常奪去幾千幾萬人的生命——這在全世界都是一樣。中原文化發達的地方還好些,北方有些少數民族,老人生病了直接丟掉;南方一些偏僻的村寨,都有「棄老洞」,老人到了一定年紀,就被送進去活活餓死。別的國家也一樣,有一部日本電影叫《楢山節考》,就是講「棄老」這個「風俗」的。還有,生了孩子養不起或者為了要男孩,親生父母就把嬰兒(女嬰)按在水盆裏活

活溺死。這些在今天看來不都是蓄意謀殺嗎？

除了疾病還有饑荒。古代饑荒爆發的頻繁性、嚴重性，是今人很難想像的。即便是經濟發達的宋代，也出現過多次「人相食」；元代更多，短短九十七年，見於史料記載的「人相食」就有幾十次，幾乎年年都有。所以，《水滸傳》的創作者多次寫吃人肉，今天的人驚呼好殘忍，但當時並不覺得有甚麼下不去筆。

在這樣的背景下，人們當然不覺得死個人有甚麼了不起。換句話說，在古人那裏，人命不如現代值錢。

其次是國家法律也支持或默許屠殺無辜。統治者自己也殺，而且殺得比梁山好漢多得多。

商周時期是有殉葬制度的，奴隸在貴族眼裏不被當人看。奴隸主或貴族死後，都要殺很多奴隸，埋進墓裏，叫殉葬。少則幾個，多則幾十上百個。所以，你熟悉的歷史英雄周文王、周武王、姜太公、齊桓公，差不多都曾經殺害過無辜的奴隸。

這種習慣甚至延續到了明代。明代皇帝死後，伺候過他的妃子、宮女就被逼着上吊殉葬，一次也有幾十人。清初也有殉葬制度，到康熙年間才徹底廢除。

古代的法律，都是有株連的條款的。所以你經常會聽說

「滿門抄斬」，一人造反，全家都被殺。

《水滸傳》出版時的明代，是出了名的用刑殘酷。明初光胡惟庸案、藍玉案這幾起大案，就滿門抄斬了好幾萬人。這在紙面上只是一個數字。

宋代刑法算寬鬆的了，但也有「族誅」的刑罰。一個叫杜延進的武官謀反，被「夷其族」，就是把他整個家族都殺了。一個叫田忠霸的人當了賊寇，地方官彭乘「夷其家」。還有一個叫李飛雄的人（這個人名字很像我），假冒欽差，佔了秦州造反，也被「夷其家」，就連給他提供馬匹的馬夫也被「夷其族」。

如果說藍玉、杜延進、李飛雄等人犯了法，該殺，那他的家人，操持家務的妻子、未成年的孩子、上了年紀的老人，又有甚麼罪過，要被拖到刑場上砍腦袋？這還是「合法」地殺戮無辜，那些被冤殺了的，不知該有多少。

宋江為了逼迫秦明上山落草，叫人假扮秦明，去青州城外殺人，給他栽贓。這一招夠狠毒。然而守青州的慕容知府的反應呢？卻也令我們現代人驚訝：他不問青紅皂白，把秦明全家老小抓起來殺了，還把秦明妻子的頭挑在槍尖上給他看。說實話，在殺人這件事上，梁山好漢和官府的做派是半斤八兩。

即便是童話一般的《西遊記》，豬八戒、沙和尚都曾經做過吃人的妖怪。豬八戒甚至還笑着說「常把此物當飯」。沙和尚也經常到岸邊抓個單身旅客來吃。算下來豬、沙兩位也吃了幾百年的人。這些人也有妻兒老小、美滿家庭，難道皈依佛門之後，這些罪惡就一筆勾銷了？

黃袍怪和百花羞公主生了兩個孩子，只有十來歲。孫悟空為了激怒黃袍怪，就叫豬八戒和沙和尚拎着兩個孩子，把他們活活摔死。《封神演義》裏的哪吒，拿着乾坤弓玩，隨便一箭就把碧雲童兒射死了。這三個人都是兒童，有甚麼罪過？然而創作者似乎不覺得有甚麼，隨隨便便就寫出來了（甚至百花羞公主孩子被摔死了，竟然也沒甚麼悲痛）。這些事在今人看來，都是極其「暗黑」的。

第三是戰爭。你從小到大一定沒見過打仗，你的爸爸媽媽也一定沒見過打仗。但這不等於說沒有戰爭。戰爭給人帶來的痛苦，是我們沒有經歷過戰爭的人難以想像的。

宋代到明代這幾百年間，爆發了無數場戰爭，死的人不計其數。

先是宋遼打仗，然後是金滅了北宋，再然後是蒙元滅了金和南宋，最後又是朱元璋滅了元。戰爭直接殺死的人、戰後

流離失所凍餓而死的人、戰後疾病流行病死的人，不知該有多少。元軍攻陷現在的北京、成都、銀川等地時，都曾經屠城，一次就是幾萬幾十萬的人命。

所以並不獨是《水滸傳》對生命「無感」，整個古代社會對生命基本上都很「無感」，尤其是平民百姓。文學是反映人心的。科技沒那麼發達，社會沒那麼安定，法律沒那麼有人性，都會直接影響人們的普遍心態。影響到文學上，就是拿人命不那麼當回事。作者就那麼寫，讀者也就那麼看。這種心態直到中華人民共和國成立後，經濟發展了，社會穩定了，才慢慢消失。其實你看早期武俠小說，也還有一些無辜路人被隨意殺害的情節，後期才越來越人性化，筆下越來越有節制。

我們今天生活在和平的環境裏，一切都是秩序井然的。同學們鬧矛盾，有老師、家長解決；在街上出了交通事故，有警察解決；起了法律糾紛，有法庭解決。人民向政府納稅，政府保護人民……但是，今天的秩序井然是何等的珍貴，人類經歷了幾百上千年的貧困和戰亂，才換來了今天的和平與繁榮。

今天我們不會凍餓而死，不會因為親戚犯法無辜地被拖去砍頭，不會因敵人侵略慘遭屠城。今天的我們更關注法治、自由、愛心，而在古人尤其平民那裏，這三樣實在是太奢侈了，

他們拚命要抓住的前三樣是生存，生存，還是生存。

讀古代文學作品有兩種讀法，一種是時時刻刻拿着現代的標準去衡量古人，這樣就很容易得出這樣的結論：古人愚昧，古人野蠻，歷史上一片黑暗，這些文學作品毫無價值──但這樣有甚麼意義呢？

第二種是盡量站在古人的立場和背景上了解他們，知道他們為甚麼這麼做，這麼寫。在今天，我們更應該看到的是古人的苦難和無奈，從而報以「同情之理解」，而不是指責某個具體的人物滅絕人性──當然，我們並不知道，一千年後的人看我們現在的文學，會不會也覺得反感或厭惡？（比如如果他們知道我們每天有許多人填鴨似的擠在地鐵裏，會不會大呼滅絕人性、慘絕人寰呢？）

第二個問題，就是文學作品的作用到底是甚麼。

有些人主張，文學一定要傳播道德，弘揚正氣。誠然，有些文學作品是可以充當道德的教科書的。比如說，看了《西遊記》，可以學到堅韌不拔的精神；看了李白的詩，可以激發對祖國名山大川的熱愛……文學當然可以起到這樣的作用，然而思想品德課本豈不更有效？

還有些人走向了反面，認為文學只是給人娛樂。看書只是

圖個樂呵。但是，樂呵之後呢？會不會覺得少了甚麼？

文學當然有許許多多的種類，但最頂尖的作品，都是在深刻地描寫人性。弘揚正氣還是娛樂大眾，只是它的副產品。

人性有光輝的一面，也有陰暗的一面。好的作品，一定不會無視、回避，而是如實地書寫。《水滸傳》裏的殘酷，不是因為創作者嗜血殘酷，而是人性中就有這樣的殘酷，當時的社會就是這樣的殘酷。寫出來之後，創作者的任務就已經完成。該思考的，是我們自己。

所以，當你看到《水滸傳》裏各種血腥描述時，如果感到不舒服，這就對了。如果用現代道德去批判，反倒成了迂腐的衞道士。

我們獲得今天良好的社會秩序，獲得對生命的普遍珍視，是經歷了多少殺戮才總結出的經驗，經歷了多少科技發展才擁有的條件！這是你接觸世界應該懂得的第一課。

第一章說過，水滸英雄的很多原型來自南宋時的忠義軍。他們曾在金兵佔領的地區打游擊。但是，人馬需要糧食草料，置辦兵器需要錢財，沒有怎麼辦？只能搶，只能奪。所以忠義軍的紀律也是良莠不齊的，有的很好，有的很壞。這和梁山好漢的行事也正相似。他們中有的固然不錯，如魯智深、林沖，

有的像穆弘、張橫幾乎就是惡霸。

　　老實說，我聽到你們質疑《水滸傳》這些問題的時候，是十分開心的。因為我知道，以人為本、珍愛生命，已經在你們善良的心中生根發芽，你們不再是冷血的看客。然而也是遺憾的，因為你們離開那個時代太遠了，所以也難理解他們真實的處境。你是不是真的以為，古代社會都是白衣飄飄，輕歌曼舞，行走江湖不用帶錢，千軍萬馬打仗不需要糧草？皇上彈琴喝酒，和妃子們談談戀愛就算宮廷生活？

　　你越是善良，就越應該有勇氣正視《水滸傳》裏的殘酷。這是極其真實，所以也極其寶貴的東西。對待殘酷的態度，是人性的試金石，也是理性的反光鏡。它不會因為你不喜歡就要從你面前消失。事實上，它一直縈繞在所有人上空，甚至悄悄潛藏在你的內心深處。只有了解到危險在哪裏，長大後依然善良的你們，才會有能力保住今天來之不易的和平與安定。

## 梁山好漢為甚麼要聚義?

翻開《水滸傳》,你就會發現,梁山好漢提得最多的,就是「義」。

幾個好漢碰在一起,互相看對了眼,就要拜把子,叫「結義」;一起上山落草,叫「聚義」;慷慨助人,叫「仗義」;熱心腸的人,叫「好義」。

梁山英雄評價別人的標準,也是「義」或「不義」。劫生辰綱之前,劉唐對晁蓋說,這是一套不義之財,取之何礙?甚至他們決定劫生辰綱的時候也說,梁中書在北京害民,獲得錢物,卻送去東京與蔡太師慶祝生辰,此等正是不義之財。因為是不義之財,就可以取了。

按今天的道理,別人的財產受法律保護。攔路搶劫,肯定是違法的。那麼梁山好漢為甚麼這樣幹?

《水滸傳》從產生到成書的二、三百年間，有許多不正義的事，公然在社會上橫行。這是《水滸傳》產生的最深層的原因。

　　《水滸傳》中的皇帝是宋徽宗（就是書中第一回那個端王）。宋徽宗生活特別奢侈，喜歡欣賞好看的花卉古樹、奇形怪狀的石頭，就叫人從江南採集花木奇石運到京城，這就叫花石綱（宋代運輸物資都編為綱，一綱相當於一支運輸隊）。下面辦事的官員得了這個旨意，凡看見老百姓家裏有好看的石頭或樹木，就貼上黃紙，不許再動。搬運的時候，要是太大，出不了門，就直接把老百姓的房子拆掉。當差的乘機敲詐勒索，被徵花石的人家，往往鬧得傾家蕩產，賣兒賣女，到處逃難。運花石的船經過橋樑、城門時，如果過不去，就把橋、城牆都拆掉。

　　北宋滅亡之後，北方落到金國手裏。金人對中原居民十分殘暴，我們第一章提到的水滸英雄原型之一的忠義軍，就是北方民間反抗金人的主要力量。

　　南宋朝廷丟了半壁江山，卻不思進取，一味要和金國求和，冤殺了抗金名將岳飛。而岳飛也是北方忠義軍的精神支柱。岳飛一死，一心抗金的老百姓對南宋代廷失望透頂。有學者認為，宋江、林沖等人受朝廷迫害的故事（如賜宋江毒酒、林沖

誤入白虎堂），就有岳飛的影子。

這就是《水滸傳》的底色——亂由上作。從皇帝到朝廷重臣，再到地方官吏、市井惡霸，都打着合理合法的旗號做壞事。

《水滸傳》裏也寫了這些事。比如高俅從一個小混混做到了太尉，公報私仇，逼走了八十萬禁軍教頭王進，幾乎逼死了王進的同事林沖。這兩個人，其實代表了朝廷的優秀人才。高俅這樣的人佔據了高位，又有弟弟高廉、養子高衙內橫行不法，人才當然會大量流失。流失的人才去哪裏了呢？當時不能出國，又不能開公司，只能流落江湖。

《水滸傳》裏另一個重臣蔡京，過一次生日就收到女婿的十萬貫賀禮，可想而知，其餘巴結他的大臣幫閒又會送給他多少錢財！這些錢從哪裏來？當然是從老百姓身上搜刮來的。這些雖然是故事，卻又幾乎可以說是實錄。甚至有時候，現實比故事更令人匪夷所思。

上面的高官如此，下面的差撥、管營、公人，更是見錢如蒼蠅見血——就連後來成為梁山好漢的劊子手蔡福、牢頭蔡慶，也不是甚麼正人君子，一樣見錢眼開。

所以在元代的水滸戲曲裏，梁山英雄幾乎成了清官，民間有甚麼冤屈、苦難，被各路衙內欺負，只要他們出面主持公道，

老百姓就拍手稱快。梁山泊幾乎成了審案的公堂。戲曲是老百姓的心聲。老百姓有冤屈不找官府，反倒找強盜，實在已經宣佈了官府信用的破產。

事實上，很多文學作品都是在探討何為正義的。《基督山伯爵》有一句著名的話：「上帝的審判或許延遲，但注定不會缺位。」中國有句老話：「善有善報，惡有惡報。不是不報，時候未到。」這裏的「上帝」和「時候」，和「替天行道」裏的「天」，其實是一個意思。它代表了樸素的正義。官府的法律像船，而民間樸素的正義像水，當這條船千瘡百孔的時候，船下的大水就會洶湧而上，將船掀翻在水底。

不過，《水滸傳》有資格躋身四大名著，是因為這部書裏的「義」更加深刻，更加複雜。

你如果通讀過整本書，就會發現，梁山好漢所主持的「義」，也在慢慢地發生變化。

一開始的時候，高俅迫害王進，引出史進、魯達。魯達救助金翠蓮，拳打鎮關西，當然是義舉。魯達當了和尚（改名叫魯智深）後，教訓了搶親的小霸王周通，這自然也是好義。很快，林沖被高俅迫害，兩個押送差役要暗算他。魯智深半路殺出來相助。這當然也是標準的行俠仗義。

接下來，林沖到了滄州牢營，又被趕來的陸虞候等人暗害。林沖忍無可忍，殺了陸虞候，上了梁山。然後楊志賣刀，被沒毛大蟲牛二欺負，一怒之下把牛二殺了——這時，好漢們行俠仗義大體上是自衛性質的：因為自己或別人受到了欺壓，而奮起反抗。這時候他們確實代表了正義，任何人都會同情他們。

但是隨着故事的發展，「義」逐漸加入了別的因素。好漢們不是自衛，而是開始用「義」當武器，主動出擊了。

這個轉折點的標誌性事件，就是智取生辰綱。

智取生辰綱，說得很明確：「此等不義之財，取之何礙！」這句話的意思是，好漢們已經不再僅僅用「義」自衛，而是用「義」來為世界立法了！

接下來就是宋江的故事。宋江經常周濟別人，當然算是義舉；但他怒殺閻婆惜，就談不上「義」，頂多算無奈。武松有血海深仇，殺潘金蓮、西門慶，當然是「義」；但是醉打蔣門神，無非是為另一撥地方惡勢力——施恩父子當打手。他的知恩必報固然是「義」，但替施恩奪來的快活林產業，算不算「義財」，恐怕也難說。

接着武松又被張都監暗算，脫身回來血濺鴛鴦樓，報仇雪恨，誅殺惡官，固然算「義」；但一連殺了張都監家十五口，

連丫鬟僕人都殺，在今天看來，實在是給武松的「義」大打折扣。

再到後來，梁山好漢做的事情是三打祝家莊，攻陷高唐州、青州、大名府、曾頭市、東平府、東昌府……他們開始用自己的武力為周邊地區立法了！

這些城池裏，有些地方官確實該殺，可是梁山大軍所到之處，不少無辜百姓也跟着喪命，這算「義」還是「不義」呢？

之所以出現這種問題，是因為「義」是非常複雜的。

首先，「義」永遠是有取捨的。因為「義」是人們堅守的信條，當你堅守了一種信條之後，就勢必要放棄別的信條。所以，武松堅守了知恩必報的信條，就勢必不會在意施恩的快活林是不是合理合法。

第二，「義」永遠是有邊界的。幾個陌生好漢碰到一起，各自信守的「義」如果不一樣，勢必會打起架來。

例如智取生辰綱的敵對雙方，一方是晁蓋、三阮等八條好漢；另一方，同樣是一條響噹噹的好漢楊志。哪邊是「義」，哪邊是「不義」？如果說生辰綱是不義之財，楊志豈不成了保護不義之財的幫兇？

答案是，兩種不同邊界的「義」撞到一起了。兩邊信守着

不同的信條，並且都有信守的理由和邊界。梁中書是貪官，但他對楊志卻有知遇之恩，楊志要遵守報恩之「義」；三阮的行為或許違法，但他們痛恨搜刮不義之財的貪官污吏，就一定要劫到手。

第三，「義」永遠是有高下之分的。剛出場的魯智深，自然不愧是高分的義士。但隨着梁山隊伍的擴大，周通、王英這樣的好色之徒，李忠這樣的吝嗇之輩，也都上梁山聚義來了。甚至還有揭陽的穆弘、穆春，這兩位其實就是當地惡霸——比鎮關西強不了多少。

魯智深信守的「義」和穆家兄弟信守的「義」，得分絕對是不一樣的。魯智深如果能打九十分，李忠也就能打五十分，周通和穆家兄弟只能打四十分——魯智深在桃花山搶了李忠、周通的金銀酒器，等於給他倆的「義」打了不及格。

但是，梁山上並沒有發生關於「義」的爭鬥，九十分的魯智深並沒有三拳打死四十分的穆弘兄弟，而是大家非常默契地降低了「義」的及格線：以前六十分算及格，現在四十分就可以了。只要這些兄弟互相幫助，互相忠誠，永不背叛，就算是「義」（白衣秀士王倫連這些都做不到，所以不及格，被林沖殺了）。至於是不是傷害別人，是不是貪財好色，並不在這個

「義」的約束範圍之內。為了救柴進打高唐州，為了救盧俊義打大名府，其中造成多少傷亡，更不在梁山好漢的考慮之中。

但是，這樣不統一、互相矛盾、低及格線的「義」，是不能長久維持下去的。大概宋江也逐漸明白了這一點，於是，他更喜歡在「義」前面加個「大」字，說成「大義」。他經常說的也是：「共聚大義，替天行道。」

梁山一百零八將湊齊之後，他就一連做了兩件事，第一，把原來的「聚義廳」改成「忠義堂」。第二，在梁山頂上豎立了一面大旗，就叫「替天行道」。

也就是說，以前的聚義，無論分高分低，都已經成為過去。現在所有的人都開始執行替天行道的道義——等於是一次升級，就像從小學升到初中一樣。

事實上，替天行道這面大旗立起來之後，梁山好漢真的沒有再出去攻陷城池，濫殺無辜。那麼他們都做了甚麼替天行道的事呢？書中是這樣寫的：

原來泊子裏好漢，但聞便下山，或帶人馬，或只是數個頭領，各自取路去。途次中若是客商車輛人馬，任從經過；若是上任官員，箱裏搜出金銀來時，全家不留。所得

45

之物，解送山寨，納庫公用；其餘些小，就便分了。折莫
便是百十里、三二百里，若有錢財廣積，害民的大戶，便
引人去，公然搬取上山，誰敢阻當！但打聽得有那欺壓良
善，暴富小人，積攢得些家私，不論遠近，令人便去盡數
收拾上山。如此之為，大小何止千百餘處。（第七十一回）

張順去請神醫安道全，路上遇到一個老人，兩人攀談：

　　老丈道：「他山上宋頭領不劫來往客人，又不殺害人
性命，只是替天行道。」張順道：「宋頭領專以忠義為主，
不害良民，只怪濫官污吏。」老丈道：「老漢聽得說，宋江
這夥端的仁義，只是救貧濟老，那裏似我這裏草賊。若
得他來這裏，百姓都快活，不吃這夥濫污官吏薅惱。」（第
六十五回）

梁山好漢的替天行道，大體上是兩件事：一是殺貪官（只
要有金銀積蓄就算）；二是打劫大戶，救貧濟老，就是我們通
常說的劫富濟貧。而且不傷害普通客商，也不傷害平民百姓。
殺貪官是平民憤，劫富濟貧是利民生。

這兩件事情就有意思了，等於把好漢們信守的七七八八的「義」提升了一個檔次。

而且這兩件事情，兄弟們既樂意做，又得到了周圍老百姓的擁護。不得不說，這就是宋江的高明之處，他用替天行道升級了原來的「義」！

處死貪官和劫富濟貧，在今天看來，並不是解決問題的好辦法，至少，見到箱子裏有金銀的就判為貪官，就要全家不留，今天看來仍然殘酷了些。但在《水滸傳》那個大家普遍仇官的時代，這已經是夠「義」的了。

而且當時的生產力很不發達，不像今天的工業社會，財富永遠在增長。當時社會上的財富就那麼多，大戶的錢糧，往往是靠不道義的手段壓榨周圍窮人而來的。這裏多了，那裏必然就少。劫富濟貧這件事，在歷史上是經常發生的，雖然社會並不能靠這種激烈的、非常規的手段來促進公平。讓通臂猿侯健開辦服裝廠，叫轟天雷凌震研發開礦爆破技術，沒準兒會更加有利民生，當然，這在當時是不切實際的幻想，而且這已經不是梁山好漢們所能想到的事情了！

# 為甚麼説《水滸傳》特別會講故事？

　　四大名著雖然都是名著，但各自的特點不一樣。

　　《三國演義》這本書產生得比較早，所以寫故事通常都是粗線條，比較簡略。這邊兵一衝，那邊將一擋，大戰幾十回合，一方把另一方打跑就完事了。

　　《西遊記》雖然也好看，但主要在於它虛構了一個神奇的世界。天上地下，騰雲駕霧，大家被這個神奇的世界吸引住了。打妖怪的故事卻有些問題，通常都是套路化的。看一個行，看多了不免厭煩。

　　《紅樓夢》呢，和前兩個都不一樣，是在最現實的生活中，細細地描寫人情世態。所以它沒有那麼多驚心動魄的故事，甚至還會刻意避免。打開書一看，無非就是吃飯、吟詩、唱戲。但曹雪芹的本事，正在這最平常的場面之中體現出來。故事太

戲劇化，反倒會失了格調。

所以，要單論講故事的本事，四大名著裏，我第一要推薦《水滸傳》。

並不是我一個人這樣説，歷代評點《水滸傳》的名家，都特別推崇它講故事的能力。清代的金聖歎甚至在《水滸傳》每回的前後都寫上批語，讓讀者注意這一回是怎麼講故事的。金聖歎的點評非常實用，哪怕到了今天，對你寫記敘文也有幫助。

我們説一個例子，你就會明白。這個例子出自原著的第九回「柴進門招天下客，林沖棒打洪教頭」。

林沖這個人，你應該很熟悉了，他的故事是這樣的：高俅的養子高衙內看上了林沖的妻子，想霸佔她。於是高俅安排一條計策，陷害了林沖，將他發配到滄州牢城。高俅又買通押送公人董超、薛霸，叫他們在路上殺掉林沖。誰知林沖卻被魯智深救了，一路護送到滄州。高俅又派陸謙、富安趕來，和滄州牢城的差撥合謀，燒了林沖看守的草料場。林沖發現，殺了三人，上了梁山。

林沖棒打洪教頭一段，只是一個小插曲，對林沖主體故事並沒有甚麼影響，換句話説，就算林沖不打洪教頭，故事一樣

可以進行。但這個小插曲很引人注意。

魯智深在野豬林救了林沖後，一直把他護送到滄州附近。我們以為馬上就要進牢城了，誰知林沖在滄州郊外遇到了柴進，就在柴進莊上住了幾天，憑空多出來一段耽擱。

柴進是前朝皇族之後，見了林沖，盛情款待。兩人正在喝酒，忽然有一個姓洪的教頭闖了進來。洪教頭是柴進莊上的槍棒教師，看到柴進重禮款待林沖，十分不服氣；又聽說林沖也是教頭，就向他挑釁，要和他比試。殊不知林沖比他這個野路子教頭強太多，三棒兩棒，就把他打趴下了。

洪教頭這個人，在書裏可以說倒霉透頂：之前沒見他出來，之後也再沒出現；和林沖往日無冤，後來也沒有再尋仇。安排這個人出來，好像就是為了挨一頓揍，挨完了，就沒他的戲份了。

為甚麼不讓林沖直接去牢城，非得在柴進這裏多住幾天呢？而且，為甚麼要寫洪教頭這個專門挨揍的人物呢？答案是，這就是創作者的精心設計，為了調節故事的節奏。

洪教頭不出來挨揍，第一顯不出林沖的本事，第二故事太過壓抑。

你想，林沖一出場，旁人就介紹他是八十萬禁軍槍棒教

頭，武功了得；而且魯智深和他一見如故，結為兄弟。從幾個方面都向讀者保證了：你看吧，這個人肯定不簡單。

哪知道出場之後，林沖一直在倒霉。先是妻子被人調戲，又被高俅陷害下獄，然後在野豬林差點丟了性命⋯⋯當然你會表示理解，林沖本來就是被安排一路倒霉的。但你會着急呀：這麼厲害的英雄，倒是給我們顯顯武功呀！

沒錯，最後風雪山神廟的時候，林沖爆發了一次，連殺三人。但那一次，主要是復仇。陸謙、富安、差撥三個人，也不是甚麼武林高手。這樣的人，再收拾三十個，也顯不出林沖的本事。

然後呢？然後林沖就上梁山了啊，他的故事馬上就要結束了。所以，必須要讓林沖露一回武功，向我們證明，他這八十萬禁軍教頭的名號不是白來的。

另外，這裏讓林沖稍微地揚眉吐氣一下，否則風雪山神廟就失去了基礎。就像爬山，總是一個坡一個坡慢慢爬上去的，幾公里高的垂直懸崖是沒法爬的。

我們在前文說過，英雄都有自己的光輝時刻，有的甚至不止一個。比如武松，就有打虎、殺嫂、醉打蔣門神、血濺鴛鴦樓等精彩片段。

林沖這樣厲害的人，雖然戲份比武松少，但至少也得有幾個吧。於是，作者就安排了一個洪教頭前來「送人頭」，用他來調節小說的敘事節奏。

　　你看電影也一樣，如果整體的氣氛是沉悶的，一定要安排幾場火爆戲。如果整體是激烈的，一定要安排幾場舒緩的戲。幾百年前的《水滸傳》，已經充分掌握了這個技巧，這就是我們說《水滸傳》特別會講故事的第一個理由。

　　第二，《水滸傳》一個大故事是由幾個或十幾個小故事組成的。大故事整體上抑揚頓挫，每個小故事內部，仍然要抑揚頓挫。不信我們可以看棒打洪教頭這一段，服從林沖故事整個大節奏之餘，又有自己的小節奏。

　　這一段當然要寫打架，但是，又不能馬上寫打架。一開始，就是洪教頭進入後堂：

　　　林沖起身看時，只見那個教師入來，歪戴着一頂頭巾，挺着脯子，來到後堂。林沖尋思道：「莊客稱他做教師，必是大官人的師父。」急躬身唱喏道：「林沖謹參。」那人全不睬着，也不還禮。林沖不敢抬頭。柴進指着林沖對洪教頭道：「這位便是東京八十萬禁軍槍棒教頭，林武師林

沖的便是，就請相見。」林沖聽了，看着洪教頭便拜。那洪教頭說道：「休拜，起來。」卻不躬身答禮。柴進看了，心中好不快意。林沖拜了兩拜，起身讓洪教頭坐。洪教頭亦不相讓，便去上首便坐。柴進看了，又不喜歡。林沖只得肩下坐了，兩個公人亦各坐了。

洪教頭便問道：「大官人，今日何故厚禮管待配軍？」柴進道：「這位非比其他的，乃是八十萬禁軍教頭。師父如何輕慢？」洪教頭道：「大官人只因好習槍棒上頭，往往流配軍人都來倚草附木，皆道我是槍棒教師，來投莊上，誘些酒食錢米。大官人如何忒認真。」林沖聽了，並不做聲。柴進說道：「凡人不可易相，休小覷他。」洪教頭怪這柴進說「休小覷他」，便跳起身來道：「我不信他，他敢和我使一棒看，我便道他是真教頭。」柴進大笑道：「也好，也好！林武師，你心下如何？」林沖道：「小人卻是不敢。」

（第九回）

按我們普通人的想法，既然寫林沖厲害，那就多寫他打架，一招一式多好看。可高手並不是這樣，庸手才把精力放在寫打架上；高手寫這段故事，主要精力卻在研究怎麼才能打不起來。

這個意思是說，打架之前，要有足夠的鋪墊和停頓，這叫「蓄勢」，就像你玩彈弓一樣，要向前射出石子，反而要用力把皮筋向後拉。

首先要鋪墊兩個人的性格。要先說洪教頭如何的傲慢，歪戴帽子，挺着脯子，對林沖說話毫不客氣，管林沖叫「配軍」，這簡直是侮辱性的稱呼。林沖的反應呢，卻是「不敢抬頭」「並不做聲」「小人卻是不敢」，哪裏有八十萬禁軍教頭的樣子！

林沖真是膽小不敢交手嗎？當然不是！不但不是，而且他根本就沒把洪教頭當回事！他嘴上說「不敢」，其實心裏想的是，我要是一棒打翻了他，柴進臉上掛不住，這感覺就像一隻老虎看着一條狗在面前躥來跳去，汪汪叫着示威，卻懶得搭理。

兩邊都鋪墊一番，讀者就會來興趣，他們已經知道了交戰雙方的底細，所以興致勃勃地想看結局，想看看老虎怎樣揮出這一巴掌。

雙方都鋪陳足了，總該開打了吧？不行。這樣太直白，是外行的寫法。這個時候，一定要沉住氣，在開打之前，安排各種理由，給他們叫停，讓他們打不起來。

越是打不起來，讀者的心就越癢癢，就會被引逗着向下看。

那麼怎麼才能打不起來呢？辦法當然有很多，但一個巧招是使用道具。你如果玩過電腦遊戲，就會知道道具是很好用的東西。有時候使用了一個道具，遊戲進程就會發生改變。

這個時候，洪教頭該挑釁的話都說了，林沖該推辭的話也都講了，再靠普通的對話你退我進，那就車轆轆話來回說，實際上已經影響不了遊戲進程了。所以，必須使用道具。在這一點上，《水滸傳》玩得得心應手。

第一次叫停，是柴進發起的，使用的道具是月亮：

> 洪教頭心中忖量道：「那人必是不會，心中先怯了。」因此越來惹林沖使棒。柴進一來要看林沖本事，二者要林沖贏他，滅那廝嘴。柴進道：「且把酒來吃着，待月上來也罷。」
>
> 當下又吃過了五七杯酒，卻早月上來了，照見廳堂裏面如同白日。柴進起身道：「二位教頭較量一棒。」林沖自肚裏尋思道：「這洪教頭必是柴大官人師父，不爭我一棒打翻了他，須不好看。」（第九回）

這次叫停很好理解，柴進在故事裏擔當了一個節目主持人

的任務。他的作用，就是讓這場戲更加漂亮（當然從他貴公子性格來說，他自己也想看一場好戲），所以並不急吼吼地催着二人交手，而是「待月上來也罷」。這天上的月亮，就是第一個現成的道具。我們班上演個節目，不也得佈置下場地嘛。而且，這正寫出了貴族王孫的閒情逸致，看打架還要營造氣氛。月下比武，不是各種武俠片常見的鏡頭嗎？一舉兩得，高明得很。

見林沖還是不肯動手，柴進再次勸說，告訴林沖這位洪教頭也沒來多久，意思是讓林沖放下心理負擔，不要顧及柴進的面子。洪教頭再次挑釁：

> 只見洪教頭先起身道：「來，來，來！和你使一棒看。」一齊都哄出堂後空地上。莊客拿一束杆棒來，放在地下。洪教頭先脫了衣裳，拽紮起裙子，掣條棒使個旗鼓，喝道：「來，來，來！」柴進道：「林武師，請較量一棒。」（第九回）

這時候林沖再推辭不打可以嗎？不可以。柴進的話都說到這份上，洪教頭都欺負到眼前了，再拒絕，那就既顯得膿包，又得罪了柴進。這是劇情的邏輯。

但是一棒打翻洪教頭可以嗎？不可以。沉不住氣的庸手就會這麼寫了，但這樣就不是上乘之作。因為太快。就像一道菜，還沒十分熟就關火了。所以，中間還得停頓幾次，讓讀者心癢，跟着看下去。

但這樣一來，就出了一個難題：林沖既不能不動手，還不能一下子打翻洪教頭，這可怎麼安排第二次叫停？

神奇的事情發生了，作者想起了一件現成的道具，順手拉過來，輕鬆解決了這個問題。

這就是林沖的特殊性：他是犯人，身上有一面木枷。

　　林沖道：「小人輸了。」柴進道：「未見二位較量，怎便是輸了？」林沖道：「小人只多這具枷，因此權當輸了。」柴進道：「是小可一時失了計較。」大笑着道：「這個容易。」便叫莊客取十兩銀來，當時將至。柴進對押解兩個公人道：「小可大膽，相煩二位下顧，權把林教頭枷開了，明日牢城營內但有事務，都在小可身上。白銀十兩相送。」董超、薛霸見了柴進人物軒昂，不敢違他，落得做人情，又得了十兩銀子，亦不怕他走了。薛霸隨即把林沖護身枷開了。柴進大喜道：「今番兩位教師再試一棒。」（第九回）

這副順手抓來的木枷，用得真是好。第一，它是林沖謹小慎微，再次叫停的借口；第二，它是展現柴進公子王孫派頭的好東西。柴進對兩個公人說的兩句話：「小可大膽，相煩二位下顧，權把林教頭枷開了，明日牢城營內但有事務，都在小可身上。白銀十兩相送。」不是哀求，不是強迫，而是一番大笑，透着自信和風度，不容兩個公人不答應。如果沒有這面枷，柴進的風度也無處施展。

　　你要是寫過小說，就會知道，作者會千方百計地從原有的道具裏生出新花樣來，這樣會使劇情不生硬。比如這第二次叫停，如果讓外面衝進來一條瘋狗，大夥忙着趕狗，這新冒出來的狗道具就太生硬了（《儒林外史》有這樣的橋段，但那是用來諷刺）。

　　到此為止，這場架已經叫停兩次了，馬上開打也不是不行。但作者還是沉得住氣，又叫停一次，讓讀者心癢得更徹底。

　　古今中外很多故事，都是三次鋪墊加一個高潮。比如《白雪公主》，白雪公主被惡毒皇后一連害了三次，第一次是用一條帶子，第二次是用一把有毒的梳子，第三次是用一個毒蘋果。最後才和王子生活在一起。

　　柴進用月亮道具叫停，是第一次。林沖用木枷道具叫停，

是第二次。第三次用甚麼道具叫停呢？

很簡單，用金錢。

> 洪教頭見他卻才棒法怯了，肚裏平欺他做，提起棒卻待要使。柴進叫道：「且住！」叫莊客取出一錠銀來，重二十五兩，無一時，至面前。柴進乃言：「二位教頭比試，非比其他，這錠銀子權為利物。若是贏的，便將此銀子去。」柴進心中只要林沖把出本事來，故意將銀子丟在地下。洪教頭深怪林沖來，又要爭這個大銀子，又怕輸了銳氣，把棒來盡心使個旗鼓，吐個門戶，喚做把火燒天勢。

（第九回）

第三次叫停，還是柴進，道具是一錠當賭注的大銀子。這個道具來源非常合理：柴進有錢啊！這道具也有兩個作用，一是顯示柴進的手面豪闊，二是顯示洪教頭的驕橫淺薄。

三次叫停，三個道具，就勾畫出了柴進的貴族排場，林沖的小心謹慎，洪教頭的驕橫淺薄。這些道具用得真是出神入化！

前面鋪排了這麼多，等真的交手，只用了一百多字：

林沖想道：「柴大官人心裏只要我贏他。」也橫着棒，使個門戶，吐個勢，喚做撥草尋蛇勢。洪教頭喝一聲：「來，來，來！」便使棒蓋將入來。林沖望後一退，洪教頭趕入一步，提起棒又復一棒下來。林沖看他步已亂了，被林沖把棒從地下一跳，洪教頭措手不及，就那一跳裏和身一轉，那棒直掃着洪教頭臁兒骨①上，撇了棒，撲地倒了。柴進大喜，叫快將酒來把盞。眾人一齊大笑。洪教頭那裏掙扎起來？眾莊客一頭笑着扶了。洪教頭羞顏滿面，自投莊外去了。（第九回）

　　你可能覺得不過癮，為甚麼打鬥場面這麼少啊？創作者可以讓你過癮嗎？當然可以，但是，已經不需要了。只要把這幾招的技巧性寫出來，就足以顯出林沖的本事了。再多也是無用，還可能起到反作用，讓人覺得林沖怎麼這麼久還收拾不下洪教頭。

　　然而這一百多字，可以說每個字都有用，而且處處透着精雕細刻的講究。你看兩個教頭的武功招式，都是細節。洪教頭的叫「把火燒天勢」，這一招的名字就透着驕橫；林沖的呢，

---

① 小腿脛骨。

叫「撥草尋蛇勢」，這名字就透着謹慎。

細節決定成敗。金聖歎看到這裏，在兩個招式旁邊各批了一句話，前者是「驕憤之極」，後者是「敏慎之至」。

《水滸傳》講故事的本領是極為高超的。可以再看一段它是怎麼講武松殺嫂這個故事的。這個故事的前奏，看上去平淡無奇，卻承擔了好幾個功能，實在是把文字用到出神入化的境界了。

武松知道兄長武大是被嫂子潘金蓮害死的，就去縣衙告狀。可是縣官收了賄，不給他立案。武松就出了縣衙，打算自己審這個案子。

你可以想像一下，這時候武松是多麼悲憤，又是多麼急於知道真相。我想，要是我來寫這個故事，一定會寫武松出了縣衙就直奔家裏，揪住潘金蓮問個水落石出！

然而，翻看這一回，我發現我想錯了。創作者並沒有讓武松直接回家，而是買菜去了：

（武松）又自帶了三兩個土兵，離了縣衙，將了硯瓦筆墨，就買了三五張紙藏在身邊；就叫兩個土兵買了個豬首，一隻鵝，一雙雞，一擔酒，和些果品之類，安排在家

裏。約莫也是巳牌時候，帶了個土兵來到家中。（第二十
六回）

七七八八買了一圈東西，這才到了家。到家就趕緊質問潘
金蓮吧，可是偏不：

> （武松）喚土兵先去靈牀子前，明晃晃地點起兩枝蠟
> 燭，焚起一爐香，列下一陌紙錢，把祭物去靈前擺了，堆
> 盤滿宴，鋪下酒食果品之類。叫一個土兵後面盪酒，兩個
> 土兵門前安排桌凳，又有兩個前後把門。（第二十六回）

武松的平靜，就連潘金蓮都沒覺察出有甚麼異樣，「那婦
人已知告狀不準，放下心不怕他，大着膽看他怎的」。

看到這裏，你一定以為，武松都派土兵把門了，下面一定
要審潘金蓮了吧？可是居然還沒動靜，武松又跑出去請街坊四
鄰了：

> 先請隔壁王婆。那婆子道：「不消生受，教都頭作
> 謝。」武松道：「多多相擾了乾娘，自有個道理。先備一杯

菜酒，休得推故。」那婆子取了招兒[①]，收拾了門戶，從後頭走過來。武松道：「嫂嫂坐主位，乾娘對席。」婆子已知道西門慶回話了，放心着吃酒。兩個都心裏道：「看他怎地！」武松又請這邊下鄰開銀鋪的姚二郎姚文卿。二郎道：「小人忙些，不勞都頭生受。」武松拖住便道：「一杯淡酒，又不長久，便請到家。」那姚二郎只得隨順到來，便教去王婆肩下坐了。又去對門請兩家：一家是開紙馬鋪的趙四郎趙仲銘。四郎道：「小人買賣撇不得，不及陪奉。」武松道：「如何使得？眾高鄰都在那裏了。」不由他不來，被武松扯到家裏道：「老人家爺父一般。」便請在嫂嫂肩下坐了。又請對門那賣冷酒店的胡正卿。那人原是吏員出身，便瞧道有些尷尬，那裏肯來，被武松不管他，拖了過來，卻請去趙四郎肩下坐了。武松道：「王婆，你隔壁是誰？」王婆道：「他家是賣餶飿兒[②]的張公。」卻好正在屋裏，見武松入來，吃了一驚，道：「都頭沒甚話說？」武松道：「家間多擾了街坊，相請吃杯淡酒。」那老兒道：「哎呀！老子不曾有些禮數到都頭家，卻如何請老子吃酒？」武松道：「不成微敬，便請到家。」老兒吃武松拖了過來，請去姚二

---

① 招牌。
② 餛飩。

郎肩下坐地。說話的，為何先坐的不走了？原來都有土兵前後把着門，都似監禁的一般。（第二十六回）

按說，這一大段從劇情來說，實在沒必要。如果是電視劇，演出來簡直拖沓至極。無非是東請一家，西請一家，南請一家，北請一家，重重疊疊，說的話也都是不鹹不淡的客套話，甚麼「不成微敬，便請到家」之類。要想簡潔，只要說一句「武松請來街坊四鄰，共王婆、姚文卿等五位」就完事。但原著竟然一家不差、一句不落、絮絮叨叨寫出來，甚至甚麼姚文卿、趙仲銘還一個個像模像樣地現編名字，這是為甚麼？

這可不是湊字數，這幾段，承擔了三個功能：

從故事邏輯上說，寫的是武松的冷靜、精細，有條不紊地安排，逼取潘金蓮和王婆的口供。沒有街坊四鄰的見證，潘金蓮和王婆的招供就少了見證，不會被縣官採信。要請四鄰，買酒菜、買紙筆就是必須的。要逼出兩人的口供，還得營造一種儀式感的氣氛震懾人，點香燭、擺紙錢就是必須的。要保證審問順利進行，帶土兵前後把守就是必須的。所以，你如果仔細想像當時的環境，就會發現這三段雖然拖沓，卻還真的一句都不能少。

從手法上來説，這叫「蓄勢」，越是鋪排，越是平靜，後面潘金蓮被剖腹挖心，西門慶被當街斬首的兩段，才越顯得驚心動魄；也越顯得武松對這件事成竹在胸，自掌正義。你越是急，越想看後面，創作者越是嘮嘮叨叨地拖着你。就像在一直平靜的水面下，突然湧出一頭海怪，直叫人魂飛魄散。有了這段神來之筆，武松殺嫂的現場反倒不那麼重要了。

　　《水滸傳》這部幾百年前的著作，已經積累了非常豐富的講故事的技巧和經驗。甚至今天的很多小説，你如果細細地讀，裏面都隱藏着《水滸傳》的影子，只是有些人學得了精髓，有些人還學得不到家罷了。

## 宋江在江湖上的地位從何而來？

　　宋江是一個非常神奇的人，論出身，他不如柴進；論相貌，他不如盧俊義；論武功，不要說關勝、林沖、魯智深、武松這種一流高手，就是矮腳虎王英這樣的好漢，他沒準兒都打不過。

　　但是，不知為甚麼大家都服他。只要見到宋江的人，無不「納頭便拜」，景仰之情如滔滔江水。就是和他為難的人，一聽說是宋江，立即換了一副面孔：原來是及時雨宋公明哥哥，小弟有眼不識泰山……宋江是江湖上義氣的標杆，他當上梁山泊的領袖，可以說是實至名歸。

　　要知道宋江為甚麼受尊敬，就要知道當時的江湖甚麼樣。

　　你可能覺得，行走江湖很浪漫，遊山玩水，談情說愛，山洞裏撿到武功祕籍，孤島上遇到世外高人……這是現代武俠小說給你的感覺，已經把江湖美化了。

《水滸傳》的偉大在於它非常現實。《水滸傳》裏的江湖，寫的才是現實的江湖。走江湖是一件很兇險的事，因為但凡能安居樂業，誰去流浪江湖？流浪江湖的人，幾乎都是被迫的，而且大多是孤身一人。要是全班同學商量好了：「走啊，一起流浪江湖去！」那是組隊去郊遊，不是流浪江湖。

在江湖上，生存第一。不要說時遷、段景住這樣以偷盜為生的人，就連史進也幹過攔路搶劫的事。即使同是好漢，在互不認識的時候，也可能互相傷害。張青夫婦開黑店，差點把魯智深做了人肉包子。

就是吃飯這件最簡單的事，在《水滸傳》描寫的那個年代都是問題。魯智深這樣的英雄，在路上都沒飯吃，餓得沒力氣，打不過敵人。

宋江投奔花榮的路上，經過清風山，被山上三個大王燕順、王英、鄭天壽捉住，險些做成醒酒湯。雖然他說出了身份，階下囚一下子成了座上客，也從側面看出，當時的江湖，是何等的不安全。

所以，江湖上吃飽的時候少，餓肚子的時候多；有錢的時候少，沒錢的時候多；揚眉吐氣的時候少，垂頭喪氣的時候多；活着的少，死了的多。

真實的江湖，絕不是白衣如雪、長髮飄飄，而是殘酷恐慌、冰冷陰暗。在這樣的江湖上，好漢們最需要甚麼呢？不是神兵利器、武功祕籍，是關愛，是溫暖，是光亮。

換句話說，誰能慷慨地給他們溫暖、光亮，誰就是「義」的化身，誰就能受到尊重，有號召力。

而宋江給人的就是這種溫暖和光亮（且不論他的動機）。在江湖上，這種溫暖和光亮是極其稀缺的。

宋江出場的時候，《水滸傳》裏這樣說他：

> 平生只好結識江湖上好漢：但有人來投奔他的，若高若低，無有不納，便留在莊上館穀①，終日追陪，並無厭倦；若要起身，盡力資助，端的是揮霍，視金似土。人問他求錢物，亦不推託。且好做方便，每每排難解紛，只是周全人性命。如常散施棺材藥餌，濟人貧苦，周人之急，扶人之困，以此山東、河北聞名，都稱他做及時雨，卻把他比的做天上下的及時雨一般，能救萬物。（第十八回）

---

① 供給客人的住宿和膳食。

武松雖然沒見過宋江，也說他：

> 我雖不曾認的，江湖上久聞他是個及時雨宋公明。且又仗義疏財，扶危濟困，是個天下聞名的好漢。（第二十二回）

「仗義疏財，扶危濟困」八個字，正是宋江在江湖立身揚名的本錢。

我們今天出門有高鐵、高速，到處都有餐館、旅店，實在不行還可以找警察，找社會救濟。只要勤勞，不愁沒有工作，再窮也不至於餓死人。所以，我們的興趣，更多集中在影視明星、媒體名人，或專業技術大家身上。很難想像過去「仗義疏財」和「扶危濟困」這兩件事，是多麼的可貴。能做到這兩點的人，是多麼的難得。

宋江在上層社會未必多有名，因為他們很少有在江湖上遭遇困窘的時刻。但在下層小吏、窮苦人、流浪漢、亡命徒那裏，他絕對是神一樣的存在。所以無論他走到哪裏，都有人「納頭便拜」，逢凶化吉。

人總是要活下去的，當官府不管的時候，自然就有民間力

量來管。你不必去計較宋江的動機，即使沒有宋江，也會有張江、李江出來。不要小看這些窮苦人、流浪漢，他們往往是改朝換代的巨大力量。

而且，宋江待人是不分高低的，這就是他仗義之處，「若高若低，無有不納」，這在等級森嚴的古代社會裏，是極其難得的。

宋江樂善好施，哪怕自己在落難途中，也不忘資助別人。他被押解江州，路過揭陽鎮，遇到病大蟲薛永在街上打把式賣藝，結果沒人打賞：

> 那教頭盤子掠了一遭，沒一個出錢與他。那漢又道：「看官高抬貴手！」又掠了一遭，眾人都白着眼看，又沒一個出錢賞他。宋江見他惶恐，掠了兩遭沒人出錢，便叫公人取出五兩銀子來。宋江叫道：「教頭，我是個犯罪的人，沒甚與你。這五兩白銀權表薄意，休嫌輕微。」（第三十六回）

要說他收買人心，他和薛永素不相識，路上偶遇，一個跑江湖賣藝的，以後也未必再相見，有甚麼人心可買？純粹是

「見他惶恐」，所以不顧自己還是囚犯，也不顧旁人對他翻白眼，也要給薛永銀子，這可以說是真正的仗義了。

這一段，就連一貫討厭宋江的金聖歎都沒法挑刺，只能「硬拗」說：「一路寫宋江都從銀錢上出色，深表宋江無他好處，蓋作泥中有刺之筆也。」

然而薛永這時候需要的，就是錢啊！

但是，是不是只要肯花錢，就能博得尊敬呢？也不是。

我們可以拿一個人和宋江比，就是小旋風柴進。

如果綜合評分，柴進的得分比宋江高得多。他是後周皇室的後代，因為宋太祖趙匡胤黃袍加身取代了後周，所以優待後周皇室，給了很多世襲的特權。柴進家裏有兩座大莊園，也喜歡結交天下好漢。他接待江湖好漢捨得花錢，而且是大把大把地花錢。只要是來投奔他的，最差的待遇，也是一盤肉、一盤餅、一壺酒、十貫錢、一斗白米，這可不是區區一個小吏宋江比得了的。

柴進本人也風度翩翩，「龍眉鳳目，皓齒朱脣」，雍容華貴。但是，你通讀《水滸傳》下來，除了身份高貴外，不覺得這個人有甚麼動人之處。他和宋江的差距在哪裏呢？

我們可以細讀一大段。

宋江因殺了閻婆惜，逃到柴進的田莊上。其時武松也避禍寄身在柴進處，得了瘧疾，身上冷，在廊下烤火取暖。宋江喝多了，不小心踢翻了他的炭火。武松就和他爭執起來，這時柴進過來勸解：

　　　　柴進大笑道：「大漢，你認的宋押司不？」那漢道：「我雖不曾認的，江湖上久聞他是個及時雨宋公明。且又仗義疏財，扶危濟困，是個天下聞名的好漢。」柴進問道：「如何見的他是天下聞名的好漢？」那漢道：「卻才說不了，他便是真大丈夫，有頭有尾，有始有終。我如今只等病好時，便去投奔他。」（第二十二回）

　　武松當着柴進的面，極口誇讚宋江的為人，而且公然聲稱要棄柴進而投奔宋江，這是為甚麼？

　　原來答案是這樣的：

　　　　說話的，柴進因何不喜武松？原來武松初來投奔柴進時，也一般接納管待。次後在莊上，但吃醉了酒，性氣剛，莊客有些顧管不到處，他便要下拳打他們，因此滿莊

裏莊客沒一個道他好。眾人只是嫌他，都去柴進面前告訴他許多不是處。柴進雖然不趕他，只是相待得他慢了。（第二十三回）

但是宋江待武松，又有一番不同：

　　卻得宋江每日帶挈他一處飲酒相陪，武松的前病都不發了。相伴宋江住了十數日，武松思鄉，要回清河縣看望哥哥。……宋江道：「弟兄之情，賢弟少等一等。」回到自己房內，取了些銀兩，趕出到莊門前來，說道：「我送兄弟一程。」宋江和兄弟宋清兩個送武松，待他辭了柴大官人，宋江也道：「大官人，暫別了便來。」三個離了柴進東莊，行了五七里路，武松作別道：「尊兄，遠了，請回。柴大官人必然專望。」宋江道：「何妨再送幾步。」路上說些閒話，不覺又過了三二里。武松挽住宋江說道：「尊兄不必遠送。常言道：送君千里，終須一別。」宋江指着道：「容我再行幾步。兀那官道上有個小酒店，我們吃三鍾了作別。」三個來到酒店裏，宋江上首坐了，武松倚了哨棒，下席坐了，宋清橫頭坐定。便叫酒保打酒來，且買些盤饌

果品菜蔬之類，都搬來擺在桌子上。三人飲了幾杯，看看紅日平西，武松便道：「天色將晚，哥哥不棄武二時，就此受武二四拜，拜為義兄。」宋江大喜，武松納頭拜了四拜。宋江叫宋清身邊取出一錠十兩銀子，送與武松。武松那裏肯受，說道：「哥哥客中自用盤費。」宋江道：「賢弟不必多慮。你若推卻，我便不認你做兄弟。」武松只得拜受了，收放纏袋裏。宋江取些碎銀子，還了酒錢，武松拿了哨棒，三個出酒店前來作別。武松墮淚，拜辭了自去。宋江和宋清立在酒店門前，望武松不見了，方才轉身回來。

（第二十三回）

為甚麼這裏會摘抄這樣一大段？是因為從這幾段中，實在能看出宋江的為人以及和柴進的對比。

柴進也不是不款待武松，但是，他待人是不能始終如一的。剛來時都好，聽了莊客們的壞話，就對武松慢待起來。

你要是熟悉武松，就該知道他剛直高傲，向誰低過頭？所以他得了病，大冬天的抱着一盆炭火，在角落裏取暖。眼看着屋裏高朋滿座，推杯換盞，屋裏越熱鬧，武松的心裏就越冷。

如果說武松受到慢待，也有他自己性格不好的原因。那

麼，柴進稱武松作「大漢」，連個名字都沒有，可見他對客人是多麼的漫不經心了。

你對人不尊重，人家就會對你不尊重。所以，武松當面給柴進下不來台，說宋江：「卻才說不了，他便是真大丈夫，有頭有尾，有始有終。我如今只等病好時，便去投奔他。」「有頭有尾，有始有終」這八個字，直接給柴進好客的名聲打了不及格。

反過來看宋江，他在柴進莊上，還是客人，卻和武松一處安歇，還拿出錢來給武松做衣服。

送別武松時，更體現了宋江的細緻。你可以讀一讀前面引用的原文，主人都沒有親送（或者根本想不起來送），宋江作為一個客人，卻拿了銀兩，一送再送。甚至還請武松吃了一頓飯，最後是「望武松不見了」，方才回來。

常言道，與其錦上添花，莫如雪中送炭。這樣的溫暖，怎麼能讓武松不死心塌地，認了這位大哥呢——其實宋江只花了十兩銀子而已（大致相當於柴進見人就給的十貫錢，另外柴進還搭了一斗白米）。

若說慷慨，柴進花的錢比宋江不知多多少倍。但柴進似乎不懂得：流落江湖的人，當然也缺錢缺物，但他們更需要的，

是溫暖和光亮，或者說，是人格的關愛和尊重。如果只是給錢物，與養條小狗有甚麼區別？

當然，這也不是柴進這種貴族子弟能懂的。他出身高貴，習慣用以上視下的眼光看人，思想行為時時帶出些公子哥的習氣來。

所以他在林沖和洪教頭交手前，把一錠二十五兩的大銀子丟在地上（大致相當於今天的一萬元），說是賭注。豪闊是夠豪闊了，難道兩位教頭就得像鬥獸一樣打鬥給你看嗎？

而且，洪教頭被打倒後，滿面羞慚地走了。他雖然是因驕橫落敗，但好歹也是柴進的師父，難道柴進一句送行的話都沒有嗎？

這些都是不夠仗義的表現。不管你地位多高，總要真心地、平等地和人交朋友，高人一等的施捨態度是萬萬不成的。

反過來看，宋江是郓城縣小吏，天天和社會底層的人打交道。他見的人太多，知道他們在想甚麼，需要甚麼；又不像普通農民、小販那樣眼界狹窄。這樣，他對人的關心，既是經濟上的，又是精神上的，而且是始終如一的，符合江湖上對「義」的要求。這就是他成為「及時雨」、擁有崇高江湖地位的原因。

# 宋江是好人還是壞人？

《水滸傳》的頭號人物是宋江。但他到底是個甚麼樣的人，卻非常難講清楚。

我曾經講過一堂課，讓小朋友們自由討論，聊一聊是怎麼看宋江的，結果差點打起來——甚至都不是正反兩方，而是四五方意見。幾方吵起來，好像四國軍棋，不可開交。

第一方說：宋江當然是個英雄，不然大家怎麼見到宋江，熟的不熟的都「納頭便拜」，肯定是他本人有魅力。

第二方說：不對，宋江本來就很壞。他在梁山上，處處和晁蓋過不去，最後大家都聽他的，不聽晁蓋的。他看上去最講義氣，其實是自私，用兄弟們的性命來換他的官做。他後來不是去打方臘了嗎，梁山好漢幾乎都死光了。

第三方出來打圓場說：也不是。宋江並沒有那麼壞，就是

性格太軟弱了。看到朝廷的官員就趴在地上磕頭（這應該是受了電視劇的影響），有奴才氣，所以把兄弟們帶到溝裏去了。

第四方最有意思，是這樣說的：說宋江不會武功，所以要大把大把地給人銀子，以後遇到危險好有人救他。缺錢的人，當然覺得宋江好啦。

那麼，哪一方說得對呢？

其實，不光是十來歲的孩子，就是歷史上的大學者、大文豪，對宋江的評價也完全不一樣。

明代的李卓吾，就比較喜歡宋江。他說宋江先造反，再招安，是忠義之士。可是以評點《水滸傳》出名的金聖歎，態度卻完全相反，他說宋江是個大奸賊、大壞蛋。他的一言一行，都虛偽得讓人討厭。他的所作所為，全都是奸詐的權謀；他的孝義、忠義，全是假的；他的仗義疏財，全是收買人心。金聖歎甚至說他「全劣無好」。一個人總得有點兒優點吧？在金聖歎看來，宋江竟然一點兒優點都沒有，滿身都是壞水。這個評價可真讓人目瞪口呆。

後來，二十世紀的人，喜歡講《水滸傳》的「革命性」，於是有人又說宋江是農民起義領袖（你可以注意這個評價，雖然也說宋江的好話，卻和李卓吾是不一樣的）；結果又有人說，

宋江不是招安了嗎？招安就是投降啊──得，這下又被弄成「革命叛徒」了。

其實，這裏面有幾個問題需要搞清楚。

你讀過前兩章就會知道，《水滸傳》這部書並不是某個作家一拍腦門，坐在家裏寫出來的，而是經歷了幾百年的發展慢慢成書的。而宋江，又是一個真實的歷史人物。所以聰明的你會立即問：你問我宋江是甚麼樣的人，你問的是哪個宋江？

你問的是歷史上的宋江嗎？史書上說他「勇悍狂俠」，應該是武功高，能打仗，膽子大，甚麼都敢幹。又「勇」又「悍」又「狂」又「俠」──魯智深倒是佔全了這四個字。

你問的是宋代民間傳說裏的宋江嗎？他殺了閻婆惜之後，還在牆上寫了一首詩：「殺了閻婆惜，寰中顯姓名。要捉兇身者，梁山泊上尋。」一副敢作敢當的樣子──這又和武松有點兒像。

你問的是元代戲曲裏的宋江嗎？他說自己「家住梁山泊，平生不種田」，這似乎又是三阮兄弟「打魚一世蓼兒窪，不種青苗不種麻」的調調；又說「強劫機謀廣，潛偷膽力全」，連偷東西都會，簡直就是一個時遷嘛！

另外，還有一個宋江。你如果讀過七十回的《水滸傳》，

79

《潯陽樓題反詩》

就會發現這個宋江非常奸詐虛偽。這不奇怪，這個版本是清代金聖歎修改過的。他討厭宋江，就把他改得很壞。

到了電視劇《水滸傳》，你可能又看到李雪健演的那個宋江，給皇上磕頭的時候，屁股撅得高高的。據說電視台播到這個鏡頭的時候，有人氣得砸了電視。

所以你看，宋江就像一面塗鴉牆，誰都可以加點兒東西上去。幾百年來你加一點兒，我加一點兒，結果就變成了五顏六色的樣子了。

而且，小說、戲曲、民間故事，甚至電視，裏面的宋江都不一樣。換句話說，同樣的人物，在不同的媒介裏，會擁有不同的性格。人物性格會受到媒介形式的影響，這是一種很重要的思考方法。不信，你去看看唐僧、劉備等人在小說、戲曲、影視裏的表現，會發現也是不一樣的。

這麼多宋江，是沒法攪在一起講的。所以我們今天只講一個宋江，就是明代《水滸傳》裏的宋江，你可能看過一種一百回的版本，人民文學出版社用的就是這個本子。這個版本影響比較大，我們就說這個版本裏的宋江。

要說宋江性格甚麼樣，得先知道普通人的性格是甚麼樣。

比如，你正在考試，遇到一道特別難的二十分的大題，完

全不會做，而你課桌裏恰好有一本書，寫着這道題的答案。

我敢打包票，幾乎所有的孩子，心裏都會冒出一個小人，催你把答案拿出來偷看一眼——不要怕，這個小人，人人都有。這是你內心深處的衝動，是最原始的聲音。

但是，你心裏又會冒出第二個小人，告訴第一個小人說：考試作弊如果被抓到，會被懲罰的。要不，我們想想辦法，比如，等監考老師不注意的時候再試試？

這時候又冒出第三個小人，指責前兩個小人說：「那樣也不對，老師不注意就可以作弊嗎？作弊是不道德的行為，我們不該那樣做！」

結果呢？當然有三種可能：一、聽第三個小人的，你成功地抵禦了作弊的誘惑；二、聽第二個小人的，你趁監考老師不注意偷看了一眼；三、聽第一個小人的，我管老師在不在，我想看就要看，立即看，現在就看！

所以你看，你的心理至少分了三層，底層是「衝動小人」，凡事怎麼開心怎麼來；頂層是「道德小人」，一定要講紀律，講道德；中間層是「協調小人」，一直在想辦法，和另外上下兩個小人商量事情。

這三個小人，住在我們每個人的身體裏；合在一起，才構

成了我們的性格。

《水滸傳》的偉大之處，在於普通文學作品寫人物，只會寫一個或兩個「小人」。而《水滸傳》竟然寫出了宋江的三個「小人」，這複雜程度是前所未有的！所以，宋江的魅力到今天依然不減，我們依然在討論他，他也成為中國文學乃至世界文學的著名人物。

宋江有「衝動小人」嗎？當然有。

宋江和魯智深、武松不一樣，他把自己的心思緊緊地藏起來，讓我們捉摸不透。但是，有一次偶然的機會，他卻完全真情流露了，就是潯陽樓題反詩。

宋江被刺配江州牢城，在這裏，雖然有戴宗、李逵等朋友，宋江仍然鬱鬱不樂，有一天，他來到江邊的潯陽樓上：

> 獨自一個，一杯兩盞，倚闌暢飲，不覺沉醉。猛然蓦上心來，思想道：「我生在山東，長在鄆城，學吏出身，結識了多少江湖上人，雖留得一個虛名，目今三旬之上，名又不成，功又不就，倒被文了雙頰，配來在這裏。我家鄉中老父和兄弟，如何得相見！」不覺酒湧上來，潸然淚下，臨風觸目，感恨傷懷。忽然做了一首《西江月》詞調，

便喚酒保，索借筆硯。起身觀玩，見白粉壁上，多有先人題詠。宋江尋思道：「何不就書於此？倘若他日身榮，再來經過，重睹一番，以記歲月，想今日之苦。」乘着酒興，磨得墨濃，蘸得筆飽，去那白粉壁上，揮毫便寫道：

自幼曾攻經史，長成亦有權謀。恰如猛虎臥荒丘，潛伏爪牙忍受。不幸刺文雙頰，那堪配在江州。他年若得報冤仇，血染潯陽江口！

宋江寫罷，自看了，大喜大笑。一面又飲了數杯酒，不覺歡喜，自狂蕩起來，手舞足蹈，又拿起筆來，去那《西江月》後，再寫下四句詩，道是：

心在山東身在吳，飄蓬江海謾嗟吁。
他時若遂凌雲志，敢笑黃巢不丈夫。

宋江寫罷詩，又去後面大書五字道：「鄆城宋江作。」

（第三十九回）

一個人喝多了，賦詩明志，本來也不少見，可是宋江竟然一口氣作了兩首！應該說，這是宋江整部書中最難得可愛的一次。我們的心也會跟着他的筆興奮地跳動，看着他如何向我們作內心獨白：

　　他渴望功成名就，雖然在人前口口聲聲自稱「小可宋江」，其實他自認為是個了不得的英雄。他是猛虎，但現在只能收起爪牙。他落魄江湖，現在只能唉聲歎氣。但他一直懷着「凌雲志」，有朝一日，他要賽過黃巢（唐末農民起義領袖），成為亂世梟雄！

　　詩是心靈的聲音。唐代詩人林寬有一首詩：「蒿棘空存百尺基，酒酣曾唱大風詞。莫言馬上得天下，自古英雄盡解詩。」意思說，別以為劉邦是個只會打打殺殺的粗人，自古以來，但凡是英雄，都會寫詩，因為他們胸中有一股英雄氣需要抒發。也許有人會鄙視宋江，其實僅憑宋江這兩首詩詞，就可以認定他是一位英雄了！

　　宋江甚至說「他年若得報冤仇，血染潯陽江口」，這兩句其實最沒頭沒腦，卻也最能體現他的衝動（注意是衝動，不是計劃）。平心而論，他在江州的待遇還真不錯，和誰有仇呢？只能說是壓抑久了，壯志難酬，才觸景生情，說出這樣的狠話。

要是他在松花江邊喝酒，也許就說「血染松花江口」了。這是醉話，卻醉得有道理。

但是，這位「衝動小人」，只能偶爾冒一次頭，又被宋江心裏的另一個「道德小人」牢牢壓住。

今天的道德，是愛國、守法、誠信、友善這些內容；在古代，就是講忠孝，對朝廷要忠，對父母要孝。宋江有個名號，就是「孝義黑三郎」，這可不是能輕易得來的。

宋江在清風寨，知寨劉高陷害他，引得小李廣花榮造反、清風山好漢聚義。宋江又用計策收了霹靂火秦明，力量迅速壯大。他意氣風發，收拾人馬，浩浩蕩蕩地趕去梁山泊入夥……看來，他「敢笑黃巢不丈夫」的志向馬上就要實現了！

誰知這位未來的黃巢，在路上被憑空擺了一道。宋江走到半路上，遇到石將軍石勇，給他捎來一封家書，說他的父親宋太公已故，叫他回去奔喪（實際上是宋太公怕宋江落草，叫次子宋清騙他回來的）。宋江大吃一驚，悲慟欲絕：

> 宋江讀罷，叫聲苦，不知高低，自把胸脯捶將起來，自罵道：「不孝逆子，做下非為，老父身亡，不能盡人子之道，畜生何異！」自把頭去壁上磕撞，大哭起來。燕順、

石勇抱住。宋江哭得昏迷，半晌方才甦醒。燕順、石勇兩個勸道：「哥哥且省煩惱。」宋江便分付燕順道：「不是我寡情薄意，其實只有這個老父記掛。今已歿了，只得星夜趕歸去奔喪，教兄弟們自上山則個。」（第三十五回）

宋江遇到了難題：一方面，自己想當黃巢；另一方面，親生父親病故，他要回去奔喪。父親病故，捶胸痛哭，人之常情，當然不是偽裝。

看故事重要的一點，就是看人物在兩難時候的選擇。在造反和忠孝之間，宋江選擇了後者，於是與好漢們作別，匆匆趕回了家。

宋江回到家裏，發現父親根本沒死，宋太公對他說：「怕你一時被人攛掇，落草去了，做個不忠不孝的人，為此急急寄書去喚你歸家。」宋江心中那個要做黃巢的「衝動小人」，又被壓上了一塊大石頭。如果不是又生出變故，宋江怕是要在家安分守己地做良民了。

說句題外話，這事如果換成劉邦，就沒那麼多事。項羽抓到劉邦的父親劉太公（又是一位太公），把老頭放在切肉板上，派人向劉邦喊話說：「你再不投降，就把你爸爸宰了，燉了吃

肉！」劉邦回答甚麼呢？他說：「咱倆可是拜過把子的兄弟，我爸爸就是你爸爸，你要是燉了你爸爸吃肉，請分我一碗湯嚐嚐。」項羽一看劉邦這副流氓嘴臉，只好把劉太公放了。

孝的力量已經如此強大，忠的力量更是忽視不得。

宋江一上梁山，就主張招安（投降朝廷），把梁山上的「聚義廳」改成了「忠義堂」。只要有機會，一定要說明他的主張。所以同樣是喝得大醉，梁山大聚義之後，他又寫了一首詞，最後幾句是這樣的：

> 中心願平虜，保民安國。日月常懸忠烈膽，風塵障卻奸邪目。望天王降詔早招安，心方足。（第七十一回）

這番話，應該說是非常真誠的。他對武松這樣說，對關勝、呼延灼也都這樣說，從不遮遮掩掩。而且，他帶着梁山好漢就這樣一路走下去了。

拿這個宋江和潯陽樓那個宋江一比，你就會頭大：怎麼同是酒後吐真言，那邊要造反，要當黃巢，要「血染潯陽江口」；這邊要招安，要「平虜保民安國」（這放在甚麼時代都是偉大的志向）？

以前會有人說，要麼這邊是假的，要麼那邊是假的。其實，你如果知道人的心理是分層的話，就會明白，人性沒有那麼簡單，這是他心中兩個小人不同的聲音。

　　如果你能理解人性的複雜，那麼恭喜你，你離理解名著就近了一大步。

　　宋江平時展現給我們的，是他的「協調小人」。

　　因為「協調小人」要四處做協調工作，維持秩序。所以，你就會覺得不解，宋江這個人怎麼回事，滿口的仁義道德，做事又心狠手辣？

　　說他仁義道德，從他第一次上梁山就可以看出來。宋江被發配江州牢城，經過梁山泊時，晁蓋派人下來救人：

　　　　來的不是別人，為頭的好漢正是赤髮鬼劉唐，將領着三五十人，便來殺那兩個公人。這張千、李萬唬做一堆兒，跪在地下。宋江叫道：「兄弟！你要殺誰？」劉唐道：「哥哥！不殺了這兩個男女，等甚麼？」宋江道：「不要你污了手，把刀來我殺便了。」兩個人只叫得苦：「今番倒不好了。」劉唐把刀遞與宋江……宋江道：「這個不是你們弟兄抬舉宋江，倒要陷我於不忠不孝之地，萬劫沉埋。若是如

此來挾我，只是逼宋江性命，我自不如死了。」把刀望喉下自刎。（第三十六回）

這是宋江故作姿態嗎？似乎是，但實際上不是。否則直接把公人一殺，上山落草不就完事了嗎？他又不是沒想過落草。更大可能是他心中的「道德小人」佔了上風，促使「協調小人」這樣說，這樣做。

所以，在梁山上，宋江「便叫兩個公人只在交椅後坐，與他寸步不離」，又拒絕了晁蓋等人三番五次上山落草的邀請：

宋江道：「哥哥，你這話休題！……父親明明訓教宋江，小可不爭隨順了哥哥，便是上逆天理，下違父教，做了不忠不孝的人在世，雖生何益？如哥哥不肯放宋江下山，情願只就兄長手裏乞死。」說罷，淚如雨下，便拜倒在地。（第三十六回）

這眼淚，與其說是裝假，不如說是他心中黃巢之志和忠孝之志打架之後，必須放棄一個的悲哀。

這二者的拉鋸戰，多數時候是被「協調小人」平衡了。於

是就形成了宋江的主要標籤「義」。否則，一個純粹的「忠臣孝子」，盡忠盡孝還來不及，為甚麼又要「平生只好結識江湖上好漢」？一個純粹的「亂臣賊子」，直接扯旗造反就得了，又何必偽裝了半生？

宋江又有殘忍和虛偽的一面。這仍然是他「協調小人」出來工作的結果。當然，這種時候，「協調小人」聽了「衝動小人」的，把「道德小人」晾一邊了。

說他殘忍，是他為了拉秦明入夥，竟然派人假扮成秦明，去青州城外殺人。慕容知府不問青紅皂白，殺了秦明全家。秦明沒辦法，只得上山入夥。

說他虛偽，是他對待捉來的大將，有一套純熟的手段。這套手段看一次不覺得有甚麼，看多了簡直就是笑話。

比如宋江大破連環馬，捉住了呼延灼。押解上山之後，宋江的表現竟然是要把自己的交椅讓給呼延灼：

> 宋江見了，連忙起身，喝叫快解了繩索，親自扶呼延灼上帳坐定，宋江拜見。呼延灼慌忙跪下道：「義士何故如此？」……宋江道：「……如今韓滔、彭玘、凌振已都在敝山入夥，倘蒙將軍不棄山寨微賤，宋江情願讓位與將

軍。等朝廷見用，受了招安，那時盡忠報國，未為晚矣。」

（第五十八回）

你可能想，也許是宋江敬佩呼延灼吧，為了讓呼延灼入夥，連自己的位置都不要了。

可是過了不久，盧俊義又被捉上山來。宋江居然還是這套：

> 宋江便請盧員外坐第一把交椅。盧俊義答禮道：「不才無識無能，誤犯虎威，萬死尚輕，何故相戲？」宋江陪笑道：「怎敢相戲！實慕員外威德，如飢如渴，萬望不棄鄙處，為山寨之主，早晚共聽嚴命。」（第六十二回）

此戲二番上演，或許也有解釋：也許是盧俊義名頭確實大，畢竟是後來的梁山二號人物。誰知又過了不久，捉住了關勝、董平，宋江居然還是這一套，「倘蒙將軍不棄微賤，就為山寨之主」。全然不管呼延灼、盧俊義等人早就看過一遍了。

這一套已經演得熟了，你閉着眼都知道宋江怎麼做：捉來大將——喝退左右——親解其縛——納頭便拜——情願讓位。

這些人都是敗軍之將，只等着被推出去斬首的，誰知對方主帥突然來這麼一出，不但撿了條命，對方還情願讓出山寨之主的位子。誰能不激動？誰能拉下面子來說我不想留下？

仔細想來，不管宋江內心深處是怎麼想的，這還真是最見效的一招。要不怎樣呢？對捉上梁山的英雄好言相勸，或者嚴刑拷打？你站在道德的角度，指責這是虛偽，當然可以。但這只是「協調小人」出來工作的結果：宋江只有這樣做，才能既顯得「義氣過人」，又能達到目的。

文學是描摹人性的，把宋江說成是偽君子、野心家、劊子手，或者叛徒、軟弱、愚忠，都太簡單粗暴了。人是不可以隨隨便便貼標籤的，越是名著就越這樣。

大家為甚麼喜歡談論宋江，為一個文學人物爭吵？就是因為宋江身上，實在具備了我們所有人的三層心理。你想想，你是不是有時候也雄心壯志，有時候也說謊耍賴，有時候慷慨大方，有時候也不免自私那麼一下？

可以這樣說，《水滸傳》只憑一個宋江，就足以讓我們看到人性的複雜。對宋江這個人物，我們已經爭論了幾百年，看起來未來的幾百年，還會繼續爭論下去。因為他是宋江，也是我們自己。

# 為甚麼説武松是《水滸傳》中最耀眼的人？

很多人喜歡看《水滸傳》，就是因為喜歡看武松的故事。歷來有「武十回」「宋十回」的說法。

武松有魅力是公認的。清代評點《水滸傳》的金聖歎，把魯智深和武松比較，說魯智深已經是上上人物了，而武松竟如天神一般。

如果你通讀過武松的故事，可能會不以為然：武松也不是完人，怎麼就成了天神呢？

其實，金聖歎的這句話用今天的話可以翻譯成：武松這個人，在《水滸傳》裏是最光芒四射的。因為明亮耀眼，所以可敬可愛。

武松之所以光芒四射，首先當然是他的高強武功，但這不是光芒四射的首要條件。盧俊義的武功恐怕比武松還高，你覺

得他很有光芒嗎？

　　我們在前文也講過武松強悍的生命力，這當然也是他光芒四射的原因之一。但梁山好漢中生命力強大的也有許多，比如李逵、張順，但總覺得比武松差了點甚麼。

　　武松身上的光芒，除了前面兩條之外，最關鍵的，是他有自己信守的「義」，並且一直固守，毫不改變。每個接近他的人都會深深感受到，他就是鐵一樣的法則，就是英雄的代名詞。假如只許你用一個人物來代表《水滸傳》中的英雄，那麼一定是武松。

　　武松的「義」大概表現在四個方面：勇往直前、高傲不屈、剛強獨立、快意恩仇。而且這四個英雄信條的順序是不能顛倒的。

　　你可能覺得這幾個大帽子也沒甚麼了不起。但是，你可以想一想，大多數人處世，沒有那麼勇敢，也沒有那麼剛強。有人挨了欺負，覺得對方惹不起，就稀里糊塗地認倒霉了。但受別人好處，也總以為是應該的。

　　這些都是我們普通人常用的處世方式，不能說就是惡，但肯定算不上有光彩。還有一種生活中常見的現象，通俗的話叫「看人下菜碟」。可能你有時候膽小怯懦，有時候也突然爆發；

《武松打虎》

有時候忍氣吞聲，有時候也會奮起反抗；有時候忘人腦後，有時候也感激報答。種種表現都說明，我們大多數人，性格是雜亂的、易變的，心中並沒有甚麼堅定不移的「義」。

　　一個人，如果心裏有自己的「義」，而且堅定地貫徹了這種「義」，他的行為，未必合理合法，但他一定是有光芒的。這一點，武松和宋江就不同。宋江是心裏三個「小人」反覆鬥爭，讓我們窺見了人性的複雜；而武松從頭到尾始終如一，讓我們看到了信念的偉岸。

　　宋江的魅力在於海一樣的深邃，武松的魅力在於山一樣的壯麗。

　　武松的「義」的第一條勇往直前，在景陽岡打虎的時候就體現了出來。

　　武松在景陽岡前酒店裏吃飯，店主人告訴他前面山上有老虎，武松不信，以為是店主人騙人。等走到山上，在山神廟前發現了一張榜文告示，蓋着陽谷縣的大印，這才知道真的有虎。原著寫他這個時候的心理，極其傳神。可以說有了這句話，武松才成為武松，不是魯智深，不是李逵，也不是林沖：

武松讀了印信榜文，方知端的有虎。欲待發步再回酒店裏來，尋思道：「我回去時，須吃他恥笑，不是好漢，難以轉去。」存想了一回，說道：「怕甚麼鳥！且只顧上去，看怎地！」(第二十三回)

　　武松不是神仙，知道有老虎，第一反應也是害怕，想回去。如果他看了官府的告示，仍然喊着「我不怕！老虎你在哪兒？我來啦！」一路衝上山去。那不是英雄，那是魯莽。

　　害怕是人之常情，但這個時候，武松心中的英雄之「義」就顯出來了。要是普通人，還管甚麼恥笑不恥笑，性命要緊，趁早轉回頭逃命（這就是普通人性格雜亂易變的地方）！武松可不是，他想的竟然是：如果縮回去，那就不是好漢！哪怕不要性命，也要做英雄好漢，這座景陽岡說甚麼也得闖一闖了！

　　《水滸傳》一共寫了三次打虎，武松一次、李逵一次、解珍解寶兄弟一次。李逵是怒火中燒，為母報仇；解家兄弟是完成官府任務，都有從外面施加的壓力，非打不可。

　　可武松偏偏不是，他根本不是打虎來的，和老虎也沒有深仇大恨。假如他過山的時候，老虎碰巧在睡大覺，沒出來，武松也肯定不會主動找上門去撩撥人家：「老虎老虎你出來，不

打死你我不走。」但他「明知山有虎，偏向虎山行」，不為甚麼，就為堅守他的「義」，要做英雄！

你可以這樣理解：在李逵、二解的打虎事件中，老虎是主要演員。而這裏，偌大一頭老虎只是武松英雄氣概的陪襯。牠真的可以不出現的。出來算「送人頭」（送「虎」頭），給武松強大的生命力添光加彩。就算牠不出現，武松仍然是勇武剛毅、獨一無二的武松。

從這短短一句心理活動中，你已經可以隱約看到武松的「神性」。許多好漢，都是性命要緊，必要的時候服個軟，磕個頭，都沒甚麼的。而武松卻有比生命更高的信條。

如果說武松對老虎的「義」是勇往直前，對人的「義」就是高傲不屈。

武松殺了西門慶、潘金蓮，被發配到孟州牢城。管監獄的來索賄，武松和他有這樣一大段響當當的對話：

> 差撥道：「你也是安眉帶眼的人，直須要我開口說。你是景陽岡打虎的好漢，陽谷縣做都頭，只道你曉事，如何這等不達時務？你敢來我這裏，貓兒也不吃你打了！」
> 武松道：「你倒來發話，指望老爺送人情與你，半文也沒！

我精拳頭有一雙相送！金銀有些，留了自買酒吃，看你怎地奈何我！沒地裏倒把我發回陽谷縣去不成？」那差撥大怒去了。又有眾囚徒走攏來說道：「好漢，你和他強了，少間苦也！他如今去和管營相公說了，必然害你性命！」武松道：「不怕。隨他怎麼奈何我，文來文對，武來武對。」

（第二十八回）

你可以說武松怎麼這麼不識時務，在人屋簷下，竟然不低頭。但就是這樣才叫武松，要低頭那就不是武松了！對比一下林沖在滄州牢營的表現，就可以知道，低眉順眼、送錢送物的，是林沖；針鋒相對、剛硬到底的，是武松。武松可以被奸人暗算，可以屈打成招，但膝蓋絕不會彎一彎。

武松信守的第三條「義」是剛強獨立。說起來像大帽子，其實結合原文看，才能看出超邁絕倫之處。

武大郎雖然窩窩囊囊，卻是武松的兄長，武松在這世上唯一的親人，兄弟之間骨肉情深。武大郎被潘金蓮害了之後，武松認為哥哥死得不明不白，就着手調查死因。

但是，武松絕不是把潘金蓮直接拖出來逼問，他發現武大郎被害的線索之後，先是默不作聲地收集證據，向縣官報案。

這無疑是最妥當的做法。如果能順利解決，一切都萬事大吉。

誰知道「當日西門慶得知，卻使心腹人來縣裏，許官吏銀兩」，上上下下的官吏，都被西門慶買通了。縣官受了賄，拒絕受理。武松沒有喊冤叫屈，沒有苦苦哀求，只説了一句「既然相公不准所告，且卻又理會」，就扭頭出來了。

「卻又理會」這句話，其實是極「酷」的。或者説，武松整個的形象，都是特別的「酷」，今天通常叫「人狠話不多」：如果官府沒有規矩，那就由我來立規矩。不管是甚麼規矩，為兄申冤才是終極目的，這就是屬於武松的「酷」。不再依賴早已被貪官玷污了的法律，武松自掌正義，獨立對罪犯進行了審判。

武松第四條「義」，就是快意恩仇。這裏面，包括恩情和仇怨。武松報恩明白，報仇痛快。

潘金蓮和西門慶通姦，有一個賣梨的小男孩鄆哥是知情者。武松在調查兄長死因的時候，得到了鄆哥許多幫助。但是，鄆哥還有個老父親要養活，如果他幫武松前前後後地出庭做證，勢必要耽誤許多生意。武松就給了他五兩銀子，又答應完事之後（武松這時候還以為官府能秉公斷案），再給他十四五兩銀子做本錢。

後來形勢急轉直下，武松對官府徹底絕望，親手殺了潘金蓮、西門慶，投案自首。這個時候，已是囚犯的武松竟然還沒忘記對這個小男孩的許諾！變賣了家產之後，給了他十二三兩銀子（大概是實在不夠了）。

武松被判了刑，發往孟州牢城，路上由兩個差役押送。在十字坡結識了張青、孫二娘。張青就勸武松殺掉這兩個押送公人，上山落草，卻被武松拒絕了。武松道：

> 最是兄長好心顧盼小弟，只是一件卻使不得：武松平生只要打天下硬漢，這兩個公人於我分上只是小心，一路上伏侍我來，我跟前又不曾道個不字。我若害了他，天理也不容我。你若敬愛我時，便與我救起他兩個來，不可害了他性命。（第二十八回）

有趣的是，前來搭救的好漢要殺押送公人，《水滸傳》裏一共出現了三次，這三次，都被罪犯本人拒絕了。但拒絕的理由可不一樣。梁山好漢要殺押送宋江的公人時，宋江說：

> 這個不是你們弟兄抬舉宋江，倒要陷我於不忠不孝之

地，萬劫沉埋。若是如此來挾我，只是逼宋江性命。我自不如死了！（第三十六回）

在野豬林，也是兩個公人董超、薛霸，要殺害林沖，卻被趕來救援的魯智深攔住。魯智深要殺二人，林沖慌忙說：

非干他兩個事，盡是高太尉使陸虞候分付他兩個公人，要害我性命。他兩個怎不依他。你若打殺他兩個，也是冤屈。（第九回）

對比下來很明顯，宋江喜歡唱高調，林沖為人良善，總是替人着想，而武松是高傲自負，「只要打天下硬漢」，頗有關雲長傲上不欺下的作風。而且知恩圖報，不肯昧了良心（注意，可不是武松心地善良，武松並不善良）。

同一件拒絕殺人的事，竟然寫出三個人不同的性格。這是《水滸傳》的大手筆。所以說，如果你寫人物，當然要讓他們做各種事，但展現性格，並不在做事本身，而在他們的理由和動機。

快意恩仇的意思是在報恩和報仇中，能感受到巨大的快

感。不過，信守這則信條的人，既活得耀眼，又會給他人帶來危險。因為一快意起來，容易我行我素，實在是旁人無法控制的。事實上，你會發現，這四條「義」：勇往直前、高傲不屈、剛強獨立、快意恩仇，耀眼程度在依次遞增，危險程度也在遞增。

在武松服刑的安平寨，寨中小管營施恩有一片產業，叫快活林（類似於今天的餐飲娛樂一條街），卻被一個叫蔣門神的惡棍霸佔了。施恩知道武松的本事，想讓他幫自己奪回來，於是就派專人照顧他，每天好吃好喝款待他，給他補養身體，不讓他在牢裏受苦。武松豈是糊里糊塗受人恩惠的人？於是他逼問僕人，總算把施恩逼了出來：

> 施恩便請武松到私宅堂上請坐了。武松道：「小管營今番須同說知，有甚事使令我去？」施恩道：「且請少坐，待家尊出來相見了時，卻得相煩告訴。」武松道：「你要教人幹事，不要這等兒女相，顛倒怎地，不是幹事的人了！便是一刀一割的勾當，武松也替你去幹。若是有些諂佞的，非為人也！」（第二十八回）

你如果細讀過這一段，就會問這樣的問題：

　　蔣門神和施恩，實在沒甚麼分別。蔣門神固然是仗勢欺人，奪了施恩的產業；施恩何嘗不是仗勢欺人，帶着一群亡命徒霸佔了快活林？武松這樣幹，不是助紂為虐嗎？

　　沒錯，從社會公義的角度來說，武松確實是助紂為虐。但是，武松信守的，不是這種公義的「義」，而是知恩必報的「義」。這就是著名的「士為知己者死」。而這種「義」，一直被歷代俠客，尤其是獨行俠們遵守着。

　　春秋末期，晉國被六家大夫把持，後來范氏、中行氏先被滅掉，智伯瑤又被趙襄子、韓康子、魏桓子三家滅掉，這樣就只剩了韓、趙、魏三家。智伯瑤的家臣豫讓要替主人報仇，說：「士為知己者死！」就去行刺趙襄子。失敗被捉住後，趙襄子問他：「你以前也服侍過范家和中行家，怎麼他們被人滅掉，你不報仇，反倒替智伯瑤報仇呢？」豫讓說：「那兩家用對待一般人的態度對待我，我當然用一般人的身份報答他們；智伯瑤是用國士之禮對待我，我當然以國士之責去報答他。」說完就自殺了。

　　又比如荊軻刺秦王。燕太子丹為了讓荊軻去行刺秦王政，盛情款待荊軻。而荊軻真的為他去拚了命。按理說，燕國和秦

為孩子解讀《水滸傳》

國，都是割據諸侯，談不上誰正義誰邪惡。但荊軻並不管這些，他的邏輯是「君子死知己，提劍出燕京」。

他們未必是明晰時局大勢的政治家，但他們絕對是傳頌千古的義士。

武松在這裏，奉行的也是「士為知己者死」的義。所以他劈頭就說：「小管營今番須同說知，有甚事使令我去？」「便是一刀一割的勾當，武松也替你去幹。」一股熱血透過紙面直撲出來。這時候，你會忘記武松服務的是甚麼勢力。這就是文學的魅力，它像舞台的燈光一樣，會把你吸引到最引人注目的地方，而讓你忽視舞台上其他佈景的存在。

武松不僅快意於「恩」，也快意於「仇」。當他受了欺騙，他的反撲也格外激烈。

武松平生最快意的復仇，是血濺鴛鴦樓。

這件事前因後果是這樣的：武松打了蔣門神之後，蔣門神找到張都監（都監是地方的中級武官），請他替自己報仇。張都監是施恩的上級，他找到施恩，點名要武松做個隨從。武松就去了。

張都監左一個義士，右一個好漢地叫着，給武松大灌迷魂湯。武松真的以為遇到了知己，盡心侍奉。

106

誰知這一切都是圈套，張都監暗中派人在武松箱子裏放了銀兩，誣陷他是賊，下了死囚牢。幸虧施恩上下救應，這才改判為充軍發配。在路上，張都監又叫兩個押送公人和蔣門神的兩個徒弟，在半路上殺害武松。

　　武松發覺後，勃然大怒。區區枷鎖豈能困得住他？他大開殺戒，殺押送公人，殺蔣門神的徒弟，又趁夜回到張都監家，摸上鴛鴦樓，殺張都監，殺張團練，殺蔣門神，殺三人的親隨，殺引誘他中計的玉蘭。並用衣襟蘸血，在牆上寫了八個大字：「殺人者，打虎武松也！」然後才亡命江湖，落草為寇。

　　這就是武松，凡事一定要做到極致。報恩時，可以與人同死共生；當發現被陷害蒙蔽，若不斬盡殺絕，他也絕不甘休；而且決不鬼鬼祟祟，而是光明正大地留下自己的名字：我可以償命——只要你官府憑本事抓到我。

　　這種極致的光輝，在生活中，哪怕在文學作品中，都是很少見的！所以評論家們把武松譽為梁山好漢第一人，絕非虛辭。

　　不過，武松血濺鴛鴦樓，也留下了巨大的污點。

　　張都監三人固然該殺，可是武松一路上又殺了後院的馬夫、做飯的丫鬟、唱曲的玉蘭……甚至主動尋到房裏，殺了兩三個婦女。一共殺了十五個人，算來只有三個是該殺的，其餘

都做了陪葬。

這一筆,會讓很多人不舒服。你會問:為甚麼武松要亂殺人?武松是我心中的英雄啊!只殺那三個不好嗎?

於是,很多電視劇把這段改了,讓武松少殺些人,甚至把玉蘭的形象改得很無辜,並安排她跳樓自盡。

其實你想,筆在創作者手裏,他想讓武松少殺幾個人,豈不是輕而易舉的事情?但是,這正是《水滸傳》能成為名著的原因。

《水滸傳》是極其現實、極其真實的。這一筆雖然殘忍,卻把《水滸傳》拉回到人性的真實。這一刻,武松化身復仇魔鬼,人性中的「惡」迅速膨脹。原文有一句:「一不做,二不休。殺了一百個,也只是這一死。」這是真正復仇的人才能說出的話。另外,前文講過的古代人命輕賤、殺仇人有滅門習慣也是一個重要原因。

書裏說武松聽到三人的密謀後,心頭點燃了一把「無明業火」;這火在陽谷縣令貪贓枉法時就已經點燃,到此刻終於「高三千丈,沖破了青天」。這時候,誰能遏制這把復仇之火不任意蔓延?憑武松的自律嗎?對不起,他的「義」裏並沒有這一條!

武松畢竟不是神，而是人。人性中有善有惡，人性之惡，本不會因粉飾而在我們面前消失。所以武松最後説了句：「我方才心滿意足。」他確實快意恩仇了，但這一瞬間，無須掩飾，他確實是復仇惡魔。有這一筆，這座雕像才完成了最後定型的一錘一鑿。

　　作者當然可以寫武松隱忍克制，精準打擊，非見到真兇不出手，把張都監的家產分給窮人們……這一來，武松的形象固然是完美無瑕了，但豈不是落入了俗套？

# 為甚麼說魯智深是《水滸傳》中最高貴的人？

《水滸傳》中最高貴的人，不是出身貴族的小旋風柴進，不是家財萬貫的玉麒麟盧俊義，也不是血統純正的大刀關勝，而是花和尚魯智深。

上一篇講了武松，武松雖然耀眼，卻不高貴。耀眼，是說他性格剛烈，風采照人。但是他的行事，總有一個「我」字出現在背景中，使我們在喜歡他之餘，又為他深深遺憾。

武松的故事整整十回，雖然他輕身重義，做了那麼多轟轟烈烈的大事，可他基本沒管過與自己無關的事：因為老虎要吃他，他才打死了老虎；因為潘金蓮與西門慶害了哥哥，他才殺了他們；因為施恩求到他，他才出手打服了蔣門神；因為張都監陷害他，他才血濺鴛鴦樓。

雖然客觀上，打死老虎、殺西門慶，這些事也算是為民除

害，但武松絕不是抱着為民除害的想法做的（包括在蜈蚣嶺上殺王道人，也是看不慣他的齷齪行為，事後才知道是為民除害）。

魯智深呢，正好相反，他不是輕身重義，而永遠是在急公好義，在多管閒事。在渭州酒樓上，聽到金翠蓮的哭訴，就跑去三拳打死了鎮關西；在劉太公莊上，聽到劉太公的哭訴，就狠狠教訓了搶親的周通；在野豬林，林沖都不知道他會來，他竟然一路跟蹤，像神仙一樣從天而降了。

兩人都是梁山上最頂尖的英雄，但一個為己，一個為人。武松一直在快意恩仇，魯智深永遠在主動出擊。這是《水滸傳》區分得非常清楚的地方。

知道這個道理，你也可以續寫魯智深或武松的故事：武松如果公益心「爆棚」，四處亂管閒事，那就不是武松。魯智深如果苦大仇深，快意恩仇，那也不是魯智深。

那麼，魯智深和武松差別的原因在哪裏呢？

首先，當然和兩個人的出身有關。魯智深一出場，就已經是邊疆的軍官。聽他自己說，他還打過仗，是北宋名將種師中（小種經略相公）的帳前愛將，有一定的社會地位。所以渭州的酒店老板、旅店夥計，甚至是惡霸鎮關西，見了他都客客氣

氣。青面獸楊志把「一槍一刀，博個封妻蔭子」，當作一種人生理想。這在魯智深那裏，只要按部就班地走下去，就是毫無懸念的前程了。

武松只是一個流浪漢，因為打虎有功，掙來一個縣裏的都頭，其實並沒有甚麼社會地位。所以同是惡霸的西門慶，並不把這位武二當回事，而敢欺負武大。陽谷縣令和張都監知道武松沒甚麼背景，也敢欺負他。

另外，兩人行事不同，和年齡也有關係。武松出場的時候，只有二十五歲。林沖出場時已經是三十四、五歲的人，尚且要認魯智深為義兄，那麼魯智深恐怕將近四十歲。武松這個年紀，血性方剛，當然會追求個人的快意。而魯智深早就經歷過了人世滄桑，自然凡事做得周全，能生起更多的悲憫之心。

二十五歲的武松，一切按自己理想中的「義」行事，口口聲聲「只要打天下硬漢」。至於會造成甚麼後果，他不在乎，甚至也想不到。

而四十歲上下的魯智深，你通查整本書，會發現他從沒有提過一個「義」字。他不像武松那樣，遇到危險還掂量下是不是好漢，而能時時刻刻主動拯救別人的苦難。

這個次序是不能反過來的。先立己，才能立人。說實話，

安知魯智深年輕時，不像武松那樣講究「義」？

或許，四十歲的武松能夠到達魯智深的境界，但這時候還不行。正如《神鵰俠侶》裏的楊過，少年時亦正亦邪，等到經歷了十六年的風霜，才成長為真正的神鵰大俠。

你如果讀過《為孩子解讀〈西遊記〉》，就會知道，《西遊記》裏有兩種獲得超能力的方式：一種是對大眾苦難的憐憫，代表人物是唐僧；一種是對個人自由的追求，代表人物是孫悟空。

在《水滸傳》中，恰恰也有這兩種類型的淡淡的影子。前者是魯智深，後者是武松。而巧合的是，兩個人從佔山為王到梁山大排名，一直到後來上陣打仗，一直是魯先武後，不離不棄。

武松高傲神勇，在安平寨與獄卒鬥口，與管營撒潑，絲毫不落下風，頗有孫悟空的無賴作風。血濺鴛鴦樓，也頗有孫悟空大鬧天宮時不管不顧的狂暴。他的綽號「行者」，和「孫行者」也恰好不謀而合。

魯智深當然不能簡單地與唐僧作比。但是，魯智深雖然殺人放火，卻時時能顯露出人性中的慈憫之「義」。這一點，是高僧們共同的特性，也是他的高貴之處。

他離開五台山，前往京城，路上經過瓦罐寺。因肚子飢

餓，到寺裏找吃的。誰知道這座寺被兩個強盜生鐵佛崔道成、飛天夜叉丘小乙霸佔了。寺裏的老和尚謊稱沒有飯了，卻在後面藏了一鍋粥，被魯智深翻了出來：

> 智深肚飢，沒奈何，見了粥要吃，沒做道理處，只見灶邊破漆春台，只有些灰塵在面上。智深見了，人急智生，便把禪杖倚了，就灶邊拾把草，把春台揩抹了灰塵，雙手把鍋掇起來，把粥望春台只一傾。那幾個老和尚都來搶粥吃，才吃了幾口，被智深一推一跤，倒的倒了，走的走了。智深卻把手來捧那粥吃。才吃幾口，那老和尚道：「我等端的三日沒飯吃，卻才去村裏抄化得這些粟米，胡亂熬些粥吃，你又吃我們的。」智深吃五七口，聽得了這話，便撇了不吃。（第六回）

魯智深餓極了搶吃的，十分粗魯。可只因老和尚三天沒飯吃，到嘴的食物卻又硬生生放下。這一筆，實在是魯智深慈憫之「義」的精緻之處。

當然，魯智深不僅慈悲為懷，還完全有能力付諸行動。魯智深出現的地方，永遠讓人覺得亮堂，有安全感。你只要看到

一個胖大和尚，拖着一條六十二斤的禪杖，大踏步走來，就知道，他會為我們主持公義。在他周圍，不允許有任何欺凌弱小的事情發生。

魯智深主持公義最著名的一幕，莫過於大鬧野豬林。

林沖被高俅陷害，發配滄州。高俅暗中叫押送公人董超、薛霸在路上殺死林沖。二人押着林沖到了野豬林，將他捆在樹上，舉起大棍，就要動手。這時林沖已經是待宰的羔羊，毫無還手之力。突然間：

> 只見松樹背後雷鳴也似一聲，那條鐵禪杖飛將來，把這水火棍一隔，丟去九霄雲外，跳出一個胖大和尚來，喝道：「洒家在林子裏聽你多時！」（第九回）

這禪杖一飛，胖大和尚一跳，真是雷鳴電閃，陰霾頓掃。

疾惡如仇，是英雄的基本素質。魯智深這一點最明顯。但是他的可貴之處，在於這「惡」不管和他有沒有關係，都要「疾」。「惡」和自己有關而去「疾」，可以說這個人「不是孬種」；和自己無關還要「疾」，那非高貴之人不能做到了。

他還是提轄魯達的時候，在渭州酒樓與史進、李忠喝酒，

忽然遇到金氏父女，向他哭訴受了鄭屠的欺負。他的反應是：

> 魯達聽了道：「呸！俺只道那個鄭大官人，卻原來是殺豬的鄭屠。這個腌臢潑才，投託着俺小種經略相公門下，做個肉鋪戶，卻原來這等欺負人。」回頭看着李忠、史進道：「你兩個且在這裏，等洒家去打死了那廝便來。」史進、李忠抱住勸道：「哥哥息怒，明日卻理會。」兩個三回五次勸得他住。（第三回）

魯達給了金氏父女銀子，叫他們趕緊回東京去。這件事和魯達有甚麼關係呢？說實話，一點關係都沒有。若從小種經略相公這邊算，魯達和鄭屠都受他照顧，沒準兒還更熟些呢。

但他一聽這事，就要跳起來去主持公道。這就是真正的、毫不摻假的義憤。甚至回到住處，怒氣還不消，「到房裏，晚飯也不吃，氣憤憤的睡了」。可以想一想，你會為了一個陌生人，有這樣的義憤嗎？至少我做不到。所以我崇敬他。

魯智深雖然粗魯，卻不乏智謀，可不是李逵、張飛似的人物，而是極有頭腦。這是成熟英雄的標誌。

比如在桃花山劉太公莊上。他來借宿，發現劉太公心煩意亂，原來是附近強盜大王要強娶他的獨生女兒為妻，當晚就要成親。魯智深當然要管這件事，可也不是硬管：

> 智深聽了道：「原來如此！小僧有個道理，教他回心轉意，不要娶你女兒如何？」太公道：「他是個殺人不眨眼魔君，你如何能勾得他回心轉意？」智深道：「洒家在五台山智真長老處，學得說因緣，便是鐵石人也勸得他轉。今晚可教你女兒別處藏了，俺就你女兒房內說因緣勸他，便回心轉意。」太公道：「好卻甚好，只是不要捋虎鬚。」智深道：「洒家的不是性命？你只依着俺行，並不要說有洒家。」太公道：「卻是好也，我家有福，得遇這個活佛下降！」（第五回）

劉太公真的就信了。很快，魯智深吃飽喝足，就開始安排：

> 智深道：「引洒家新婦房內去。」太公引至房邊，指道：「這裏面便是。」智深道：「你們自去躲了。」太公與眾莊客自出外面，安排筵席。智深把房中一椅獨桌都掇過

《倒拔垂楊柳》

了，將戒刀放在牀頭，禪杖把來倚在牀邊，把銷金帳子下了，脫得赤條條地，跳上牀去坐了。（第五回）

　　等那大王來到帳邊，伸進手摸來摸去，「摸着魯智深的肚皮，被魯智深就勢劈頭巾帶角兒揪住，一按按將下牀來」，然後拳腳齊上，打得這大王大叫救命。

　　這一段很有趣，是一場鬧劇。但鬧劇背後，又能看出魯智深的光彩。

　　原來魯智深所謂的「說因緣」，就是用拳頭說話，把大王狠揍一頓。魯智深一個粗人，會講甚麼佛法呢？但是這就是他的精細之處。如果他明說「太公別怕，我來替你出頭」，劉太公憑甚麼相信他有這個能力？萬一打不過，豈不招來更兇猛的報復？但這件事既然被他碰見，就必須管。所以只能先用「說因緣」騙過劉太公，再支開眾莊客，才有出手的機會。

　　魯智深第三個特點是做事極致，「救人透徹」。當然，做事極致，武松也有這樣的素質，然而魯智深的極致，不在於快意恩仇，而是「殺人須見血，救人須透徹」。

　　魯智深埋伏在野豬林，趁董超、薛霸下手之時，救了林沖，然後說了一大段話：

「兄弟，俺自從和你買刀那日相別之後，洒家憂得你苦。自從你受官司，俺又無處去救你。打聽的你斷配滄州，洒家在開封府前又尋不見，卻聽得人說監在使臣房內。又見酒保來請兩個公人，說道：『店裏一位官人尋說話。』以此洒家疑心，放你不下。恐這廝們路上害你，俺特地跟將來。見這兩個撮鳥帶你入店裏去，洒家也在那店裏歇。夜間聽得那廝兩個做神做鬼，把滾湯賺了你腳，那時俺便要殺這兩個撮鳥。卻被客店裏人多，恐妨救了。洒家見這廝們不懷好心，越放你不下。你五更裏出門時，洒家先投奔這林子裏來，等殺這廝兩個撮鳥。他倒來這裏害你，正好殺這廝兩個。」……林沖問道：「師兄，今投那裏去？」魯智深道：「殺人須見血，救人須救徹。洒家放你不下，直送兄弟到滄州。」（第九回）

魯智深甚麼時候這樣囉唆過？這一大段無非是要告訴我們：為了救林沖，魯智深不知暗地裏費了多少心力。最後兩句「洒家放你不下，直送兄弟到滄州！」我看到此處，頓時淚如雨下。

武松雖然替武大報仇，替施恩出頭，都是像暴風驟雨一般

迅疾猛烈。像魯智深這種，從林沖吃官司開始就到處打聽，周密策劃，千里護送，可不是武松有耐心做的事情。

如果說武松替施恩去打蔣門神，是一腔撲面的熱血，那麼魯智深護送林沖，就是一抱嚴冬的柴薪。兩者哪一個更可貴呢？有句話叫「與其錦上添花，莫如雪中送炭」。

在桃花山也是這樣。魯智深打了強娶親的大王一頓，發現他原來也是一條好漢，叫小霸王周通，又加上老朋友打虎將李忠的情面，就放過了周通，但勸周通收了這條心：

> 魯智深便道：「周家兄弟，你來聽俺說。劉太公這頭親事，你卻不知，他只有這個女兒養老送終，承祀香火，都在他身上。你若娶了，教他老人家失所，他心裏怕不情願。你依着洒家，把來棄了，別選一個好的。原定的金子緞匹，將在這裏。你心下如何？」周通道：「並聽大哥言語，兄弟再不敢登門。」智深道：「大丈夫作事，卻休要翻悔。」周通折箭為誓。（第五回）

這番話，實在是通情達理，有軟有硬，步步緊逼。先說劉小姐的情況，次說劉太公的困難，再給周通提建議，最後說下

聘禮的金銀送回。可見魯智深頭腦清楚，滴水不漏。而且最後怕周通反悔，進一步逼他折箭為誓（如果折箭為誓之後再反悔，那就真的被江湖好漢不齒了）。金聖歎在這裏批了一句「可謂善說因緣」。

魯智深還有一點最可貴，他的好義，是不分男女的。在整個梁山好漢輕視女性的環境下，他對女性卻平等視之。甚至他多次出手，都和營救弱女有關。

他第一次出手，是救金翠蓮。第二次出手，是救劉太公的獨女劉小姐。第三次出手，也是因為林沖的娘子受到凌辱。

他雖然疾惡如仇，卻不像武松那樣，連無辜的婦女都殺；他雖然性格粗魯，卻從來不像李逵那樣，掄着大斧子隨意砍人；他行俠仗義，卻不像宋江那樣，時時刻刻都有自己的算計，而是一腔熱血只為朋友。他為了救一個陌生的民間弱女，就敢輕易放棄封妻蔭子的武將前程。要知道，這前程，要讓秦明、關勝、徐寧、呼延灼等人放棄，就像割肉一樣啊！

所以，說魯智深是梁山好漢中最高貴之人，並不為過。

所以，在《水滸傳》裏，作者為魯智深和武松安排的結局，既有同，也有異。

作者給魯智深安排了一百零八將中最好的結局：沒有戰死，

沒有病死，沒有被朝廷害死，生擒方臘，立下大功。宋江勸他還俗為官，光宗耀祖，被他拒絕；宋江又勸他找個名山大寺，做個住持，也被他拒絕。最後，魯智深在杭州六和寺安然坐化（佛教僧人預知死期，毫無痛苦地死去），這在佛教看來，是成佛的標誌。魯智深的一生，可謂功德圓滿，義薄雲天，哪怕放在任何一部武俠小說裏，都是一位真正的大俠。

而武松則不然，他在征方臘的戰鬥中，被砍斷一臂（這和《神鵰俠侶》中的楊過非常像）。這一條胳膊，大概象徵着對他青年時不「義」行為的懲罰吧。

最後，武松也在杭州出家，享年八十歲，善終。他也沒有戰死、病死、被朝廷害死，結局也算上等，但書裏沒有說他「成佛作祖」，等於暗示了他和魯智深的差距。

如果《水滸傳》少了魯智深的故事，這部書的品格，會下降很多。但是，有意思的地方恰恰就在於，在極其現實主義的《水滸傳》中，創作者偏偏安排了這樣一位人物，甚至不惜在他身上加上超自然的色彩，或許寄託着創作者對光明的浪漫主義的渴望吧。

## 為甚麼說林沖是不平常的平常人？

　　《水滸傳》裏花大力氣寫的英雄，像武松、魯智深、宋江……個個都是不平常的人。但是，其中有一個很特別的平常人，創作者用了整整五回來寫他，就是林沖。

　　不錯，說林沖平常，你們可能會有不同意見：林沖的武功很高啊！我說他平常，在於他的心態：他從沒想過「造反」，只是想安安穩穩地工作；他在京城當武官，見的人物不比宋江少，卻絕不會「敢笑黃巢不丈夫」；他武功不亞於武松和魯智深（興許還強些），卻從沒說過「只要打天下硬漢」，也並不急公好義，答應別人「但有用洒家處，便與你去」；他的武功，只是他謀生的技能，相當於軍事院校的教師，僅此而已。

　　但是，故事的奇妙就在這裏：他從來沒有想過上梁山，卻被一步步逼上了梁山，成了梁山五虎將之一，排行第六位的

「天雄星」。那麼，他到底是平常呢，還是不平常呢？

首先説林沖的平常。

林沖的家境，在當時算得上中等。談不上豪富，但也過着小康生活，一出場，他的穿戴是這樣的：

> 頭戴一頂青紗抓角兒頭巾，腦後兩個白玉圈連珠鬢環。身穿一領單綠羅團花戰袍，腰繫一條雙搭尾龜背銀帶。穿一對磕瓜頭朝樣皂靴，手中執一把摺疊紙西川扇子。（第七回）

青巾綠袍，銀帶皂靴，手裏還拿着摺扇，當然不如柴進「紫繡團胸繡花袍」「玲瓏嵌寶玉環綠」華貴，但也比江湖上好漢常穿戴的「粗布衲襖」「白氈笠」「八搭麻鞋」體面多了。

林沖有個美貌的妻子，家裏還有個丫鬟，生活很幸福。他不缺錢，甚至能一下子拿出一千貫閒錢買口寶刀。林沖的岳父張教頭，家境也相當殷實。林沖發配時，他對林沖説「老漢家中也頗有些過活」，能夠安排林沖妻子「一世的終身盤費」。相比之下，三阮賭錢，經常輸得赤條條；吳用教私塾，掙幾個辛苦錢；劉唐更是個從小就飄蕩江湖的流浪漢。

但你說林沖多富裕，也談不上。他不像柴進、盧俊義、李應那樣有莊園，有管家，有產業買賣。只是靠按月發的「請受」①過日子，是一個十足的城市中產階層。

總之，他是你身邊最平常的人。因為平常，所以遇到事情，就和平常人的反應一模一樣。

林沖從小康生活一下子跌落谷底，起因在於他的妻子遭人調戲。林沖聞訊跑過去：

> 恰待下拳打時，認的是本管高太尉螟蛉之子高衙內。……先自手軟了。高衙內說道：「林沖，干你甚事，你來多管！」原來高衙內不認得他是林沖的娘子，若還認得時，也沒這場事。見林沖不動手，他發這話。眾多閒漢見鬧，一齊攏來勸道：「教頭休怪，衙內不認得，多有衝撞。」林沖怒氣未消，一雙眼睜着瞅那高衙內。眾閒漢勸了林沖，和哄高衙內出廟上馬去了。（第七回）

你可能覺得林沖軟弱，高衙內都欺負到頭上來了，怎麼還不動手教訓他一下？但你只要稍微了解一下人情世態，就會知

---

① 官俸，即工資。

道，林沖這個反應，反而是中產工薪階層最正常的反應。因為他有工作，有家庭，他怕丟掉工作，怕給家人帶來更大的麻煩，因為高衙內的養父高俅，正是他的頂頭上司。所以，他能不惹事就不惹事。這就是《水滸傳》的現實性。

相反，赤條條來去無牽掛的花和尚魯智深聽説了這件事，反應是這樣的：

> 只見智深提着鐵禪杖，引着那二三十個破落戶，大踏步搶入廟來。林沖見了，叫道：「師兄，那裏去？」智深道：「我來幫你廝打！」林沖道：「原來是本官高太尉的衙內，不認得荊婦，時間無禮。林沖本待要痛打那廝一頓，太尉面上須不好看。自古道：不怕官，只怕管。林沖不合吃着他的請受，權且讓他這一次。」智深道：「你卻怕他本管太尉，洒家怕他甚鳥！俺若撞見那撮鳥時，且教他吃洒家三百禪杖了去。」（第七回）

這段雖然寫出了魯智深的仗義，但重點還是寫林沖的息事寧人和無奈。「不怕官，只怕管」「吃着他的請受」，説盡了林沖的無奈。

因為長期屈居人下，林沖幾乎失去了反抗的意識，有時候讓我們替他覺得窩囊。

在押解的路上，董超、薛霸燙傷了他的腳，又逼他快走時，林沖只會哀告：「上下方便，小人豈敢怠慢，俄延程途，其實是腳疼走不動。」在野豬林，董、薛二人要害他性命時，林沖任憑他們捆綁，當他們要下毒手時，堂堂男兒竟然「淚如雨下」，苦苦哀求：「上下！我與你二位，往日無仇，近日無冤。你二位如何救得小人，生死不忘。」

林沖身負蓋世武功，竟然坐以待斃！他甚至忘記去扭一扭那面枷鎖，甚至連試一試都不曾想過。萬一扭開了呢？要知道，武松可是在飛雲浦「把枷只一扭，折做兩半個」，憑甚麼林沖不能？

在牢城裏也是這樣。同是面對差撥獄卒的欺壓，武松是回罵頂嘴，針鋒相對，「我精拳頭有一雙相送」；林沖卻是被罵得「一佛出世，那裏敢抬頭應答」，「等他發作過了，卻取五兩銀子，陪着笑臉告道」。林沖早就習慣這種低眉順眼的做派了。

但是你注意，林沖絕不是窩囊廢，他只是顧慮多，又加上職業原因，養成了逆來順受的習慣。其實他的體內，仍然流着英雄的熱血。作者生怕你誤以為他是窩囊廢，所以在故事中每

隔一段，就給他安排一次不平常的閃光。

林沖的故事，一共有三大段。第一段是在京城受陷害，第二段是押解發配途中，第三段是在滄州牢城。

這三大段故事中，林沖都在倒霉，所以每一段的調子都是極其陰暗壓抑的。在京城受高俅迫害；在充軍路上受董超、薛霸欺負；在滄州牢城先是受差撥勒索，又被陸虞候謀害，放火燒了草料場。

但是，這三大段暗夜般的故事，每當臨近末尾的時候，都有一道閃光，提醒你，林沖絕不是平常之輩。而且，這三次閃光，一次比一次強烈，最後終於燒去了他所有的束縛，把他本人照得通體發亮。讓我們也刮目相看，幾乎不認識他了。

第一個閃光，是林沖買刀。

高衙內看上林沖娘子後，高俅就設計陷害林沖，派人拿着一口寶刀在街上叫賣，故意叫林沖買去。然後又藉口要看他這口刀，叫人把他帶到太尉府中的白虎節堂（商議軍機大事的地方），誣陷他圖謀行刺，把他下了監獄，發配滄州。這就是豹子頭誤入白虎堂的故事。

這條計策夠狠毒，夠陰暗，但在一片陰暗中卻有一道閃光，這就是林沖買到寶刀後的表現：

《風雪山神廟》

林沖把這口刀翻來覆去看了一回，喝采道：「端的好把刀！高太尉府中有一口寶刀，胡亂不肯教人看，我幾番借看，也不肯將出來。今日我也買了這口好刀，慢慢和他比試。」林沖當晚不落手看了一晚，夜間掛在壁上，未等天明，又去看那刀。（第七回）

　　這一筆才是真正的、不平常的林沖！前面的各種隱忍，那都是社會身份壓抑下的無奈。俗話説，寶刀贈壯士，紅粉送佳人，平常的生活，蓋不住不平常的英雄氣概。英雄識得寶刀，所以才會讚歎，才會「不落手看了一晚」，才會天還沒亮，又去看刀。有這一筆，林沖後面的雪地復仇，走上梁山，便都有了原動力，變得真實可信。

　　我們前文講過，但凡英雄，都有蓬勃的生命力。但人和人性格不同，有的藏得淺，像魯智深，隨時隨地便可以噴發；有的需要媒介，像武松，需要喝酒；有的藏得深，需要強烈的刺激、羞辱、傷害，才能激發出來。林沖的生命力正是這樣，他愛寶刀，他絕不是麻木不仁，他內心深處，一直有刀鋒閃耀，劍影縱橫，只是被重重枷鎖束縛住了。打開這些束縛需要漫長的時間，但是，我們可以為他等待。

從某個角度說，整個林沖的故事，就是不斷打開這些枷鎖，釋放生命力的過程。

第二次閃光，是棒打洪教頭。

這個故事太精彩，我們在前文已經詳細地講過，是林沖又一次重要的不平常表現。

林沖在押解的路上，被董超、薛霸欺負，被魯智深保護，好似可憐蟲。這段旅程也夠陰暗。在旅程即將結束時，林沖終於被安排了一次揚眉吐氣的機會。

洪教頭向林沖挑釁，林沖謙讓了幾次，然後輕而易舉將他打翻。這些都不必說，只說他面對洪教頭挑釁時，心裏閃過重重顧慮，一句「這洪教頭必是柴大官人師父，不爭我一棒打翻了他，須不好看」，考慮到了柴進的面子。

這短短的一句寫得太好，原來洪教頭在林沖看來，就是能夠「一棒打翻」的貨色。林沖想到這裏時，雖然還是不由自主地隱忍、顧慮，卻已經露出了「秒殺」對手的絕對自信、猛虎吃掉癩皮狗的凌厲牙齒。

第三次閃光，就是風雪山神廟。

林沖被發配到滄州牢城，先是差撥對他一通辱罵勒索，然後叫他去管草料場。原來這是差撥和陸虞候定的奸計，企圖放

火把林沖燒死。

幸而當天林沖出門打酒，風雪太大，回來發現草屋被雪壓倒，便在附近的山神廟裏安身。狂風大雪，飢寒交迫，可以說是陰暗壓抑到極點了。這時候，陸虞候和富安、差撥剛放過火，無意中走到廟門外。他們三個不知廟裏有人，就在門外聊起天來，說出了全部陰謀。林沖聽了之後，胸中的怒火再也按捺不住，之前所有的隱忍、顧慮、謹慎全部拋到九霄雲外，衝出來大開殺戒：

（林沖）輕輕把石頭掇開，挺着花槍，一手拽開廟門，大喝一聲：「潑賊那裏去！」三個人急要走時，驚得呆了，正走不動。林沖舉手肐察的一槍，先戳倒差撥。陸虞候叫聲：「饒命！」嚇的慌了手腳，走不動。那富安走不到十來步，被林沖趕上，後心只一槍，又戳倒了。翻身回來，陸虞候卻才行的三四步，林沖喝聲道：「奸賊！你待那裏去！」批胸只一提，丟翻在雪地上，把槍搠在地裏，用腳踏住胸脯，身邊取出那口刀來，便去陸謙臉上閣着，喝道：「潑賊！我自來又和你無甚麼冤仇，你如何這等害我！正是殺人可恕，情理難容。」陸虞候告道：「不干小人事，太

133

尉差遣，不敢不來。」林沖罵道：「奸賊，我與你自幼相交，今日倒來害我，怎不干你事！且吃我一刀。」把陸謙上身衣服扯開，把尖刀向心窩裏只一剜，七竅迸出血來，將心肝提在手裏。回頭看時，差撥正爬將起來要走。林沖按住喝道：「你這廝原來也恁的歹！且吃我一刀。」又早把頭割下來，挑在槍上。回來把富安、陸謙頭都割下來，把尖刀插了，將三個人頭髮結做一處，提入廟裏來，都擺在山神面前供桌上。再穿了白布衫，繫了搭膊，把氈笠子帶上，將葫蘆裏冷酒都吃盡了。被與葫蘆都丟了不要，提了槍，便出廟門投東去。（第十回）

這恐怕是林沖平生第一次殺人，但殺得無比痛快。不然，何以有挖人心肝、割人頭顱、挑在槍頭、擺上供桌這種滿腔仇恨的動作？要知道，這種行為，魯智深都不曾有，而只在武松、楊雄身上出現過。你會問，這個如超新星般爆發的英雄，還是當年那個林沖嗎？

但是，因為有之前的兩次閃光鋪墊，林沖此時的爆發非常可信。你會相信，這樣一位摩挲了一夜寶刀的人，這樣一位把洪教頭視為糞土的人，總有爆發的這一天。你甚至會長舒一口

氣，按着胸口說：「啊，我沒看錯，作者沒騙我，我總算等到了這一刻！」

而且，這段寫林沖殺三個人，不是一招斃命，竟然都殺了兩遍：第一遍是用槍，先刺差撥，再刺富安，最後打倒陸謙。第二遍是用刀，先殺陸謙，再殺沒死的差撥，又回來割了富安和陸謙的頭。那些隱忍，那些憋屈，都在這反覆縱橫的殺戮中，盡情發泄出來了！

這次揚眉吐氣，還有一個小小的尾聲（這種大故事帶一個小尾聲的寫法，叫「獺尾法」，像一條水獺的尾巴，短短地拖在屁股後面，顯得屁股不禿）。那就是林沖離了火場，遇到一群莊客圍坐着喝酒。林沖想買些酒喝，莊客不給，還出言不遜：

> 林沖怒道：「這廝們好無道理。」把手中槍看着塊焰焰着的火柴頭，望老莊家臉上只一挑將起來，又把槍去火爐裏只一攪，那老莊家的髭鬚焰焰的燒着。眾莊客都跳將起來，林沖把槍桿亂打。老莊家先走了。莊家們都動彈不得，被林沖趕打一頓，都走了。林沖道：「都走了，老爺快活吃酒。」土坑上卻有兩個椰瓢，取一個下來，傾那甕酒來吃了一會，剩了一半，提了槍出門便走。一步高，一

步低，跟跟蹌蹌捉腳不住，走不過一里路，被朔風一掉，隨着那山澗邊倒了，那裏掙得起來。（第十回）

　　林沖甚麼時候這樣失態過？甚麼時候在荒郊野外醉倒過？甚至，甚麼時候說過「快活」二字？當他說出「老爺快活吃酒」的時候，我們足以相信，這個林沖，已經不再是原來那個「不怕官，只怕管」的林沖，而是徹底打開了胸膽，成為上梁山、殺王倫、「滿山都喚小張飛」的天雄星了。

# 為甚麼説每個人心裏都有一個李逵？

我們花了好長的篇幅講宋江，宋江太複雜，繞得人頭暈。現在講李逵，簡單了，只要一句話就行：李逵是一個沒有長大的「熊孩子」。

孩子沒有進入社會，不懂得成年人的規則，所以總顯得笨拙好笑。然而，他們的這份天真，又會讓人喜歡。李逵就是這樣一個人，你別看他人高馬大，其實有一顆孩子般的心。

李逵第一次見宋江，是這樣的：

李逵看着宋江，問戴宗道：「哥哥，這黑漢子是誰？」戴宗對宋江笑道：「押司，你看這廝恁麼粗鹵①，全不識些體面！」李逵便道：「我問大哥，怎地是粗鹵？」戴宗道：

① 即「粗魯」。

「兄弟，你便請問『這位官人是誰』便好，你倒卻說『這黑漢子是誰』，這不是粗鹵，卻是甚麼？我且與你說知，這位仁兄便是聞常你要去投奔他的義士哥哥。」李逵道：「莫不是山東及時雨黑宋江？」戴宗喝道：「咄！你這廝敢如此犯上，直言叫喚，全不識些高低！兀自不快下拜，等幾時！」李逵道：「若真個是宋公明，我便下拜；若是閒人，我卻拜甚鳥。節級哥哥不要瞞我拜了，你卻笑我。」宋江便道：「我正是山東黑宋江。」李逵拍手叫道：「我那爺！你何不早說些個，也教鐵牛歡喜！」撲翻身軀便拜。

（第三十八回）

你說這不是孩子一般的問話嗎？李逵一見宋江，就問「這黑漢子是誰」，十分粗魯。然而你說他粗魯，卻也錯了，因為他根本不知道甚麼叫粗魯，甚麼叫講禮貌。害得戴宗只得現場教他文明禮貌用語：不能叫「黑漢子」，要喊「這位官人」。

然而問題是，李逵眼裏，看到的就是一個黑漢子啊！而且，初次見面，怎麼知道對方是位官人呢？（事實上宋江不是官人，是個囚犯）這裏的有趣之處是，說真話的反倒被說假話的糾正。

這是因為社會交往中，為了尊敬，讓對方覺得舒服，總要有一些必要的客套。比如見了陌生男人，爸爸媽媽教你要喊「叔叔」。其實「叔叔」本來的意思是爸爸的親兄弟。他和你爸爸又不是兄弟，憑甚麼喊他叔叔呢？這是一種禮節，把遠的關係拉近，顯得親近。久而久之，人們習慣了這種表示親近的方式，不表示親近反倒成了錯誤的。你如果喊他「那個男的」，一定會被爸爸媽媽教育不禮貌。

　　成年人的社會裏，除了客套，還會恭維。把低的地位抬高，表示尊敬。比如喊人「閣下」，其實最早的時候，只有一定級別以上的高官才能有專門的「閣」（類似辦公樓），才能喊「閣下」。人們覺得這樣喊人抬高對方，漸漸地不管甚麼人都可以喊閣下了。甚至今天說「您這位」的「位」，過去也是喊王子、公主的，後來平民百姓也可以喊了。這些「假話」存在的時間久了，也就合理了。

　　但是這樣的恭維，有時候過頭了，會非常虛偽可笑。比如我出去講課，經常有人喊我「李教授」，甚至「李大教授」。我根本不是教授，他們只是為了抬高我，覺得「教授」都不夠，乾脆來個「大教授」了！甚至喊「李大師」的都有，這更讓人肉麻，實在領不了這份「好意」。

所以，大家在成年人社會中保持着必要的客套和恭維，有時候也得忍受虛偽和肉麻。在大家都不免心累的情況下，忽然闖進來一個孩子，把這些虛文假意統統打破，讀者怎麼會不喜歡他？畢竟，我們都是從孩子時期走過來的。

　　成年人還會掩飾自己的情緒，以顯得自己穩重。孩子卻不會，他們想哭就哭，想笑就笑，想玩就玩。

　　李逵也不會掩飾，不會裝假，他的情緒隨時隨地露在外面。李逵一聽對方承認自己就是宋江，就拍手大叫「我那爺」，撲翻身軀便拜。「我那爺」三個字，是發自內心的高興。別的好漢見了宋江，再高興也不會喊「我那爺」。

　　李逵不只說話口無遮攔，做甚麼事都旁若無人。比如在潯陽江酒樓上，他和宋江、戴宗一起喝魚湯：

　　　　李逵也不使箸，便把手去碗裏撈起魚來，和骨頭都嚼吃了。宋江看見忍笑不住，再呷了兩口汁，便放下箸不吃了。戴宗道：「兄長，已定這魚醃了，不中仁兄吃。」宋江道：「便是不才酒後，只愛口鮮魚湯吃。這個魚真是不甚好。」戴宗應道：「便是小弟也吃不得，是醃的，不中吃。」李逵嚼了自碗裏魚，便道：「兩位哥哥都不吃，我替你們

吃了。」便伸手去宋江碗裏撈將過來吃了，又去戴宗碗裏也撈過來吃了，滴滴點點，淋一桌子汁水。（第三十八回）

李逵吃魚，也完全是孩子一般。飯桌上有必不可少的就餐禮儀，哪有把自己的魚吃了，還去別人碗裏撈的道理？但這在李逵看來，卻又是天經地義的：你們不是説不吃了嗎，那我撈過來有甚麼錯？

你一定被爸爸媽媽教育過：和長輩一起吃飯，要知道自己的位置，不要坐在餐桌正中；長輩動筷子前，不許先動；一盤菜哪怕愛吃，也不要全夾走；甚至還有筷子不許過盤子中線，一盤菜不許連夾三次……

這個時候，你看到李逵，就會由衷地喜歡，感覺所有的規矩都沒有了，因為你需要遵守的規矩，都是後來社會加給你的。人初生時，本來就沒有任何束縛。

李逵像個孩子，還表現在和母親的感情上。梁山上人多了，各自都去接家人上山。李逵看見了，想到母親還在家裏，就放聲大哭：

眾頭領席散，卻待上山，只見黑旋風李逵就關下放聲大哭起來。宋江連忙問道：「兄弟，你如何煩惱？」李逵哭道：「干鳥氣麼！這個也去取爺，那個也去望娘，偏鐵牛是土掘坑裏鑽出來的！」晁蓋便問道：「你如今待要怎地？」李逵道：「我只有一個老娘在家裏。我的哥哥又在別人家做長工，如何養得我娘快樂？我要去取他來這裏，快樂幾時也好。」（第四十二回）

　　別的頭領，自然也想念親人，但哪有成年人「放聲大哭」的？只有李逵才毫不掩飾，想得深重，哭得真切。

　　為了回家接母親，李逵答應了宋江的要求，板斧也不帶了，酒也不喝了，也不惹事了。路上遇到一個假冒他名號的強盜，攔路搶劫，李逵一刀就把他砍翻在地，正要殺他時，那人撒謊了：

　　李鬼道：「小人本不敢剪徑。家中因有個九十歲的老母，無人養贍，因此小人單題爺爺大名唬嚇人奪些單身的包裹，養贍老母，其實並不曾敢害了一個人。如今爺爺殺了小人，家中老母必是餓殺。」李逵雖是個殺人不眨眼的

魔君，聽的説了這話，自肚裏尋思道：「我特地歸家來取娘，卻倒殺了一個養娘的人，天地也不佑我。罷罷，我饒了你這廝性命！」（第四十三回）

李逵這樣好殺的人，遇到「孝子」，居然饒了不殺，也是頭一遭。不但饒他性命，還給了他十兩銀子。後來李逵背着母親趕路，母親被老虎吃了，李逵勃然大怒，找到山洞，殺了一窩老虎，才算給母親報了仇。

人長大之後，對父母的情感會複雜起來。而李逵對母親的情感，完全是兒童的依戀之情。這種純粹的赤子之心，不是旁人能有的，所以也更加寶貴和難得。

你別看李逵好像很呆傻，他因為心思簡單，對很多事情反倒一針見血。柴進有個叔叔柴皇城，被高廉（高俅的弟弟）的小舅子殷天錫霸佔了土地。柴進打算依司法條例處理。李逵竟嚷出這樣一句話：

條例，條例！若還依得，天下不亂了！我只是前打後商量！（第五十二回）

他「前打後商量」，把欺負上門的惡霸殷天錫一頓拳腳打死，頗有魯提轄拳打鎮關西的作風。

　　翻遍全書，竟然沒有任何人說的話，比這句話深刻。因為我們前文講的，朝廷做不到正義，就會有別的力量來主持正義。《水滸傳》的主旨，反倒被最簡單的李逵嚷出來了。

　　梁山好漢大多有自己的英雄信條，就是他們遵守的「義」。「義」是目標，也是約束。但有兩個例外：魯智深從不提「義」，是因為他自覺地做到了「義」；李逵也從不提「義」，是因為他心中就根本沒有「義」這回事。

　　李逵的口頭禪是「快活」，吃酒也快活，吃肉也快活，上梁山也快活，打仗也快活，和母親在一起快活，殺貪官污吏快活。所以人們喜歡李逵，就是因為他純真如一張白紙。讓我們覺得，原來在循規蹈矩的生活之外，還有這樣一種孩子般的活法，無牽無掛，無憂無慮。為甚麼我們沒有這樣快活？是心中的那個孩子走丟了嗎？

　　李逵固然心思單純，打仗勇猛，但也喜歡亂殺無辜。在江州劫法場救宋江，他不管是官軍還是百姓，掄起板斧來，「一斧一個，排頭兒砍將去」。三打祝家莊時，李逵殺得手順，跑到祝家莊旁邊的扈家莊，把扈家人全殺了。而此時扈家莊已經

投降了宋江。宋江大吃一驚，斥責他亂殺人。李逵笑道：「雖然沒了功勞，也吃我殺得快活！」

甚至宋江想拉朱仝入夥，也派李逵去殺人。朱仝的頂頭上司有個四歲的小男孩，喜歡和朱仝玩。不料李逵奉宋江和吳用的命令，把這孩子殺了，朱仝被逼得沒辦法，只好上山入夥。

你說李逵可愛，他倒是快活了，打死惡霸殷天錫，殺了兇惡的老虎。可是，江州那些無緣無故掉了腦袋的百姓快活嗎？扈家莊那些無辜喪命的村民快活嗎？四歲孩子的父母快活嗎？

李逵這個「熊孩子」很「真」，但是真不代表善，更不代表美。因為他不懂得任何社會規則。不好的規則，固然經不起他橫衝直撞；良好的規則，卻也會被他破壞得一塌糊塗。

這其實就是前文裏說到的「衝動小人」。李逵行事完全是靠內心的衝動，完全沒有另外兩個「協調小人」和「道德小人」的約束。

所以，李逵可以說代表了所有梁山好漢，甚至所有人內心深處的衝動。如果沒有李逵，《水滸傳》不會那麼深刻。因為每個人心裏，都有一個李逵。

比如說宋江的心裏，就有一個李逵。你看他和李逵，簡直是兩條路上的人，但你有沒有發現，他倆的關係很好。李逵好

像宋江的跟班。事實上，如果沒有李逵，宋江就不再是宋江。因為李逵和宋江，本來就是一體的。

表面上，李逵和宋江經常唱反調。宋江只要一提招安，李逵就喊「招安招安！招甚鳥安！」「殺去東京，奪了鳥位！」宋江就會把他趕出去關起來。然而我們難道不記得，宋江在潯陽樓喝多了，題了反詩，裏面正有兩句：「他時若遂凌雲志，敢笑黃巢不丈夫。」立志要比過唐代的造反領袖黃巢，這又是怎麼回事？

這正是宋江的「衝動小人」。因為喝了酒，他沒有了任何掩飾，這時候的狀態，正和平時毫無心機的李逵一個樣。「敢笑黃巢不丈夫」加上「酒後吐真言」，不就等於「殺去東京，奪了鳥位」嗎？

所以，李逵每天叫嚷的，其實就是宋江心靈深處叫嚷的。與其說宋江壓制李逵，不如說宋江壓制的是自己。宋江的心靈深處，本來就有一個衝動的李逵。所以他特別喜歡李逵，一直把李逵帶在身邊，甚至我們特別喜歡李逵，都是因為我們心中也有一個李逵。

說到這裏，就涉及一個問題：如何閱讀文學名著。

憑衝動做事的李逵讓很多人感到不適。所以，現在又興起

一股否定李逵的說法，說他破壞秩序，草菅人命，甚至進一步討厭《水滸傳》。

李逵胡亂殺人，當然是不對的。但你要知道，《水滸傳》是文學作品，評價文學作品不是上法庭。讀文學作品，是要看人物在作品中的行事邏輯。他在他那個時代、那個環境，是不是會做這樣的事。如果是，那就說明這個人物寫成功了。而不是用我們現代自己的邏輯，去給作品裏的人物定標準，你不該這樣，不該那樣。

讀文學作品，還要看作者如何真實地展現人性。偉大的文學家的工作，就是把你心靈中體會不到的東西挖掘出來，寫成故事給你看。善於讀書的人，看了之後，會像被閃電擊中一樣：我心裏也有類似的東西，別人心裏是不是也有？這樣，你會對自己、對別人認識得更深刻。

你回想一下，你是不是有時候也想過自由自在的快活生活，想無緣無故地大喊大叫，大吵大鬧，甚至想搞破壞，毀東西。那麼，不管你承認也好，不承認也好，一個或大或小的李逵，一直住在你心裏。

# 為甚麼一百零八將裏沒有晁蓋？

梁山前後一共有三任領袖，第一任是白衣秀士王倫，因為嫉賢妒能，被林沖殺掉了。第二任是晁蓋，第三任才是宋江。

晁蓋原來是郓城縣東溪村的富戶，和吳用、劉唐等七人智取生辰綱，殺敗追擊的官軍，上了梁山。梁山原來的首領王倫心胸狹窄，一定要趕他們七個走，卻被一直在旁隱忍的林沖殺掉了。大家推舉晁蓋坐了第一把交椅，是梁山第二任領袖。後來攻打曾頭市，晁蓋被史文恭射死。所以後來梁山大聚義，也沒有晁蓋的位置。

為甚麼作者要把晁蓋開除出一百零八將呢？

根本原因或許是，晁蓋是個好漢，卻當不了領袖。而一百零八將肯定是以宋江為首的，所以只能把晁蓋排除在外了。

說晁蓋是個好漢，是因為他為人確實有許多可圈可點之處。

晁蓋的作風，和宋江很像，也是仗義疏財，書裏說他：

> 原來那東溪村保正姓晁名蓋，祖是本縣本鄉富戶，平生仗義疏財，專愛結識天下好漢。但有人來投奔他的，不論好歹，便留在莊上住；若要去時，又將銀兩齎助他起身。

（第十四回）

這段和寫宋江一模一樣，甚至和柴進也一模一樣。都是愛結識好漢，仗義疏財，來投奔的人不分高低好歹，都留下住宿，臨走時又送銀子。這樣看來，晁蓋也是一個做領袖的胚子。

但和宋江不一樣的地方是，書裏雖然說晁蓋仗義疏財，卻沒說他扶危濟困，周濟窮人，替人排憂解難。這一點差別雖然看似不大，卻隱隱道出了本質的區別。

愛結識好漢，既可以說是胸懷大志，也可以說是個人興趣。晁蓋喜歡「打熬筋骨」，練習武藝，自然喜歡結交好漢，其實還是「自發」的「義」。但宋江濟人貧苦、扶人之困，就是超越社會階層的「自覺」的「義」了。

晁蓋的交遊雖然沒有宋江廣，卻也結識了一些英雄，所以他當了幾年的梁山泊主，也算是實至名歸了。

和宋江比，晁蓋厚道得多、真誠得多。從下面三件事就能看出來。

晁蓋在知恩報恩這種「義」上，做得比宋江好。宋江冒死前來報信，私放了晁蓋，救了他們七人的命。晁蓋對這件事一直念念不忘，先是派劉唐送來一百兩金子，後來聽說宋江被押往江州，又幾次三番地搭救。宋江兩次落難，若沒有晁蓋，命就沒了。

第一次，是宋江在潯陽樓題了反詩，眼看就要被斬首。晁蓋為了救宋江，竟然只留下吳用、公孫勝、林沖、秦明四人看守山寨，其餘的花榮、黃信、呂方、郭盛、燕順、劉唐、三阮等十七個人，全都下山，前去搭救，劫了法場。

第二次，是宋江回家探望父親，被官府差役追到九天玄女廟裏，又是晁蓋只留下幾個人看守營寨，其餘的兄弟都下山來救。這回不光武功高強的花榮、秦明、李逵等人來了，連侯健這樣的裁縫，蕭讓、金大堅這樣的書生都來了。

梁山好漢大規模出動，大營空虛，其實是很危險的。晁蓋為了搭救恩人，卻甘冒這份風險。這份情誼，難道不足以報答宋江當年的私放之情？

如果說宋江是個重量級人物，值得晁蓋這樣搭救，那麼晁

蓋搭救白日鼠白勝，就完全是真正的義氣了。

白勝這個人，沒甚麼見識，也沒甚麼武功，是個村裏閒漢。智取生辰綱，他也立了功。誰知案子被破，辦案的差役到白勝家，搜出了金銀，白勝「面如土色」。等到了衙門裏，白勝受不了拷打，就把晁蓋招出來了。這才引出官府派人捉拿晁蓋，宋公明私放晁天王的一串故事。

這劇情不是你今天常見的。你今天常見的是，英雄受拷打，堅貞不屈，寧死不說出實情。但這其實是美化了的英雄好漢。《水滸傳》很現實，好漢也會屈服，也會出賣同伴，其實這更是人之常情。

但是白勝確實在智取生辰綱中立了大功，而且是不可替代的。雖然出賣了朋友，晁蓋卻仍然認他是個兄弟。等在梁山坐穩了位置，晁蓋就叫吳用想辦法，幫助白勝越獄逃脫，也給他安排了一把交椅，儘管只是倒數第三名。

只能說晁蓋這個人真夠仗義！

如果說白勝還算自家兄弟，值得一救，晁蓋在江州劫法場，也懂得不傷害平民百姓的公義。在法場上，晁蓋遇到了同來救宋江的黑旋風李逵，兩人並不認識：

這黑大漢直殺到江邊來，身上血濺滿身，兀自在江邊殺人，百姓撞着的，都被他翻筋斗都砍下江裏去。晁蓋便挺朴刀叫道：「不干百姓事，休只管傷人！」那漢那裏來聽叫喚，一斧一個，排頭兒砍將去。（第四十回）

　　李逵天性好殺，宋江只要能達到目的，不惜亂殺無辜。晁蓋在緊要關頭，還能提起這樣的心腸，是很難得的。

　　從始至終，晁蓋沒有胡亂殺過人。要說這方面的「義」，晁蓋比宋江強得多。

　　但是晁蓋有他自己的毛病，或者說，他比起宋江來，更不適合當梁山泊的領袖。

　　晁蓋雖然慷慨，卻做事太粗糙。吳用當面對他說：「你好不精細！」他的不精細，直接導致了劫奪生辰綱的敗露。

　　晁蓋等七人扮成販棗子的客商劫奪了生辰綱之後，濟州知府逼手下何濤立即偵破此案。何濤正毫無頭緒，忽然他弟弟何清提供了線索。原來他在一家旅店正好碰上七個客商，登記姓名時，客商們含糊過去了。何清一看其中一個人，不就是晁蓋嗎？原來何清喜歡賭錢，賭輸了曾投奔晁蓋，晁蓋大概還資助過他。

這樣說來，何清也算晁蓋的一個小「粉絲」。可是晁蓋和他面對面，竟然把這個人完全忘了，以至於根本沒認出來！這只能說晁蓋平時的仗義疏財，只是一時痛快而已。往好裏說，是晁蓋施恩不望報；往不好裏說，是晁蓋對何清不夠尊重。

　　能記住交往過的人，哪怕他是來求自己的，是對人的一種尊重，不然這和柴進喊武松「大漢」有甚麼區別？這種事，斷斷不會發生在宋江身上。

　　這告訴我們晁蓋缺乏另一重要素質：重視細節。晁蓋、柴進對何清、武松的粗疏，和宋江對武松的細緻，正好是鮮明的對比。

　　中國有句老話：千里之堤，毀於蟻穴。西方也有一個流傳已久的說法：斷了一枚釘子，掉了一隻蹄鐵；掉了一隻蹄鐵，折了一匹戰馬；折了一匹戰馬，摔死一位將軍；摔死一位將軍，吃了一場敗仗；吃了一場敗仗，亡了一個國家。很多大的失敗，往往是從不注意的小事開始的。

　　晁蓋頭腦簡單，缺乏通盤的計劃。當宋江冒着生命危險前來報信，說生辰綱的事泄露了，官府馬上就要來抓人，這位英雄蓋世的晁天王才與吳用商議善後之策：

晁蓋問吳用道：「我們事在危急，卻是怎地解救？」
吳學究道：「兄長，不須商議。三十六計，走為上計。」晁
蓋道：「卻才宋押司也教我們走為上計，卻是走那裏去
好？」吳用道：「我已尋思在肚裏了。如今我們收拾五七
擔挑了，一齊都走，奔石碣村三阮家裏去。」晁蓋道：「三
阮是個打魚人家，如何安得我等許多人？」吳用道：「兄
長，你好不精細。石碣村那裏，一步步近去，便是梁山泊。
如今山寨裏好生興旺，官軍捕盜，不敢正眼兒看他。若是
趕得緊，我們一發入了夥！」晁蓋道：「這一論正合吾意。
只恐怕他們不肯收留我們。」吳用道：「我等有的是金銀，
送獻些與他，便入了夥。」（第十八回）

這就不對了啊。按說，做一件事，哪怕我們今天規劃一次
出門旅遊，都應該有預案：先去哪裏，後去哪裏；如果碰上壞
天氣，改去哪裏；如果老人孩子身體不舒服，就近哪裏可以就
醫……這個道理，我們普通人都知道。可是劫生辰綱這麼大的
事，晁蓋竟然沒有應付泄密的預案，甚至都沒有向吳用徵詢預
案？難道他真的以為這件事永遠不會泄露嗎？

這告訴我們晁蓋缺乏又一個重要素質：掌握全局。沒有大

局意識，信馬由韁地去幹，那是獨行俠的生活，不是領袖的
生活。

等上了梁山，更可以看出這位晁天王的粗枝大葉來：

　　且說山寨裏宰了兩頭黃牛、十個羊、五個豬，大吹大
擂筵席。眾頭領飲酒中間，晁蓋把胸中之事，從頭至尾都
告訴王倫等眾位。王倫聽罷，駭然了半晌，心內躊躇，做
聲不得。自己沉吟，虛應答筵宴。至晚席散，眾頭領送晁
蓋等眾人關下客館內安歇，自有來的人伏侍。晁蓋心中歡
喜，對吳用等六人說道：「我們造下這等迷天大罪，那裏去
安身！不是這王頭領如此錯愛，我等皆已失所，此恩不可
忘報！」吳用只是冷笑。晁蓋道：「先生何故只是冷笑？有
事可以通知。」吳用道：「兄長性直，只是一勇。你道王倫
肯收留我們？兄長不看他的心，只觀他的顏色動靜規模。」
晁蓋道：「觀他顏色怎地？」吳用道：「兄長不看他早間席
上，王倫與兄長說話，倒有交情。次後因兄長說出殺了許
多官兵捕盜巡檢，放了何濤，阮氏三雄如此豪傑，他便有
些顏色變了，雖是口中應答，動靜規模，心裏好生不然。
他若是有心收留我們，只就早上便議定了坐位。」（第十九回）

剛到了一個陌生地盤，晁蓋就把胸中之事，「從頭至尾都告訴王倫等眾位」，坦誠是夠坦誠了，卻對人家絲毫不防備。

王倫心裏打小算盤，晁蓋竟然也沒看出來，還對王倫感恩戴德，要不是吳用提醒，恐怕中了王倫的圈套還不自知呢。

坦誠好不好呢，當然好。但是要分場合。如果你是單打獨鬥的獨行俠，像孫悟空那種，做甚麼都是你的自由。但現在，你是眾好漢的領袖，可不是想幹甚麼就幹甚麼。一眾人的身家性命，都在你一個判斷、一個決策上，需要你時時刻刻用眼觀察，用心思考。這個時候，怎麼能喝了幾杯酒之後，就忘乎所以，把所有事和盤托出呢？

接下來，吳用說出他的計劃：讓林冲和王倫火併。晁蓋想都不想，立即回答「全仗先生妙策良謀」，把決策權完全交給別人。說好聽點是對屬下信任，說不好聽是缺乏謀略，不負責任。

這告訴了我們晁蓋身上又有兩個缺陷：不擅觀察、不擅決策。

所以晁蓋雖然做了一段時間梁山泊主，卻很快失去了威權，漸漸被宋江取代。宋江只要一句「哥哥是山寨之主，不可輕動」，便輕輕鬆鬆地把帶兵打仗的機會奪了去。等晁蓋醒悟過來要親自帶兵攻打曾頭市時，卻為時已晚。這位托塔天王與其說是死於史文恭的冷箭，不如說是死於自身的性格缺陷。

## 《水滸傳》一百零八將是個個不同嗎？

　　《水滸傳》特別會寫人。主要人物宋江、武松、魯智深等人，只要一聽他們說的話，你就知道是誰。所以，清代評點家金聖歎說：「《水滸》所敘，敘一百八人，人有其性情，人有其氣質，人有其形狀，人有其聲口。」

　　《水滸傳》一共要寫一百零八個人，此外還要寫外圍的人物：高俅、王進、晁蓋、武大郎、潘金蓮、西門慶……粗粗算下來有三、四百個人。這些人物，當然不能平均分配，而是有的長些，有的短些。有的安排幾萬字進行刻畫，有的就是幾句話帶過。

　　主要人物都有自己的故事，長的如宋江、武松，各有十回，短的如魯智深、林沖、楊志，也有四五回。這麼長的故事，足以把人物寫得深刻和複雜，讓你牢牢記住。

次一等的人物，一般只安排一回，可以當一篇短篇小說來寫，然而也寫得有聲有色，典型的如史進。

史進的故事其實只有一回多一點，但就這幾千字，就把史進這個大男孩寫得可愛至極。

故事說八十萬禁軍教頭王進，因受高俅迫害，暗地逃走，來到了史家莊，遇到了練武的少年史進。王進說史進的武功不行，引得史進大怒，要與王進交手。王進只一棒，就把他打倒在地。

這一段，你肯定似曾相識。因為前文專門講過林沖棒打洪教頭，林沖同樣是一位八十萬禁軍教頭，同樣是用棒，三下五下就收拾了一個不知天高地厚的貨色。這兩段故事相似，人物可實在是大不一樣。洪教頭輸得可笑，史進輸得可愛。

當日因來後槽看馬，只見空地上一個後生脫膊着，刺着一身青龍，銀盤也似一個面皮，約有十八九歲，拿條棒在那裏使。王進看了半晌，不覺失口道：「這棒也使得好了。只是有破綻，贏不得真好漢。」那後生聽得大怒，喝道：「你是甚麼人，敢來笑話我的本事！俺經了七八個有名的師父，我不信倒不如你，你敢和我扠一扠麼？」說猶

> 未了，太公到來，喝那後生：「不得無禮！」那後生道：「叵
> 耐這廝笑話我的棒法。」（第二回）

你看，史進何等狂妄！但是這又不是洪教頭式的狂妄。史
進只有十八、九歲，還是個大男孩，年少輕狂，自誇自讚，「俺經
了七、八個有名的師父，我不信倒不如你」。這話與其是說給王進，
不如說是青春期少年急需證明自己，頗有些不知天高地厚了。

等史太公趕來，史進居然向父親說：「叵耐這廝笑話我的
棒法。」這不是孩子向父母告狀的口氣嗎？告狀的同時又有些
撒嬌，更顯出一絲可愛的孩子氣。

史進不服氣王進，說只要王進贏了，就拜他為師。於是
「就空地當中，把一條棒使得風車兒似轉，向王進道：『你來，
你來！怕的不算好漢！』」洪教頭也是這副架勢，朝着林沖喊
「來來來」。自負可笑，是一模一樣的。

然而史進和王進一交手，只一招，就被打翻在地。

> 那後生爬將起來，便去傍邊掇條凳子，納王進坐，便
> 拜道：「我枉自經了許多師家，原來不值半分。師父，沒奈
> 何，只得請教。」（第二回）

有這樣一句，便不是驕橫的洪教頭，只能是可愛的史進。因為自己說了輸了就拜師，這回真的輸了，果然說話算話，低頭認師父。可是嘴裏居然帶出一句「沒奈何，只得請教」，心是已經服了，敗陣的不甘心勁兒還沒過去，所以嘴上半服半不服。這樣的大男孩太率真，太可愛了！

　　比史進待遇再次一等的人物，不能安排專門的章節，就給他安排幾件代表性的事情。典型的如打虎將李忠。

　　李忠是史進的開手師父，名列地煞星，武功低微，但他還真的值得說一說。

　　魯達在渭州遇到史進，又偶遇李忠，就拉他喝酒。


　　　魯提轄道：「既是史大郎的師父，同和俺去吃三杯。」李忠道：「待小子賣了膏藥，討了回錢，一同和提轄去。」魯達道：「誰耐煩等你，去便同去。」李忠道：「小人的衣飯，無計奈何。提轄先行，小人便尋將來。賢弟，你和提轄先行一步。」（第三回）


　　只兩句話，就分出「天罡」和「地煞」的區別來了。魯達因為李忠是史進的師父，要一起喝酒，李忠居然拖泥帶水，還

要「賣了膏藥，討了回錢」，「小人的衣飯，無計奈何」，摳摳搜搜，極不爽快。所以只能列在地煞，沒法和魯智深、史進並列了。

等到了酒樓上，魯達要資助金家父女，自己掏了五兩銀子，又和史進、李忠二人借。史進說：「直甚麼，要哥哥還！」拿出十兩銀子。李忠卻是「去身邊摸出二兩來銀子」。這慢吞吞的一「摸」，就叫魯達看不上了。所以，魯達只把十五兩銀子給了金老，卻把二兩銀子「丟還了李忠」。這意思就是：史大郎可以和我魯達論朋友，你可配不上。

當然，也不能苛責李忠，他和史進不一樣。史進是史家莊的少莊主，父母寵愛，家道富裕，所以隨便拿出十兩八兩銀子不當回事。李忠長期行走江湖賣膏藥，能混個溫飽就算不錯了。所以他會很在乎眼前那點銀子，不知道散碎銀子之外，還有更大的世界。

但是這個時候，史進也是放火燒了莊院，出來浪跡江湖，和李忠一樣了啊！

只能說，壯年李忠已經被卑微的生活「塑造」得定了型，再難改變。當然也可以說，少年史進，乍入江湖，還帶着少莊主的護身光環，初生牛犢不怕虎，豪氣沖天。

只這短短的兩小段，李忠這個人物就已經活靈活現了。

有些人物，雖然沒有特別明顯的性格，卻在書中留下了精彩的對話和場面。比如江州的船火兒張橫和浪裏白條張順。一句「狗臉張爹爹」和「你是吃板刀麵還是吃餛飩」，霸橫的口氣，就足以讓你記住這是張橫。李逵鬥張順，「兩個正在江心裏面，清波碧浪中間，一個顯渾身黑肉，一個露遍體霜膚。兩個打做一團，絞做一塊」，這個場面足以讓你記住張順。

但是即便這樣，一下子寫出一百零八個人也是太費勁了。因為篇幅實在有限，有些人只是跟班和湊數的，如果把他們寫得太細了，主要人物反倒不出彩了。

而且，文學作品裏的經典人物，大類上其實是有限的。有一本書叫《經典人物原型四十五種》，還是算上了男女兩個性別，也不過這個數。這四十五種總不能一齊出來，而且，很多情節，如打仗、趕路、住店，都是必須完成的基本動作，留給體現人物性格的機會，其實是很少的。

所以，七十二地煞裏，經常是兩個人或幾個人共用一個模子。就好像即食麵，麵餅都是一樣的，配上辣醬就是香辣牛肉麵，配上番茄醬就是西紅柿雞蛋麵。

比如小溫侯呂方和賽仁貴郭盛，都使戟，都年輕，這兩個

人其實是一個人。只是為了區別，一個穿白，一個穿紅。哥兒倆一起出來，死也是一塊兒死。而且兩個人打起仗來，兩條戟上的裝飾物還特容易攪在一塊兒，前後一共攪了三次——不管這劇情合不合理，反正你是記住他倆了。

又比如七十二地煞裏的四位武將百勝將韓滔、天目將彭玘、聖水將單廷珪、神火將魏定國，這四個人除了擅長的兵器、戰術不一樣之外，很難說有甚麼性格區別。我們只能用兵器、戰術區分他們：使棗木槊的是韓滔，使三尖兩刃刀的是彭玘，善用水攻的是單廷珪，善用火攻的是魏定國。

總的來說，《水滸傳》裏的朝廷武將，尤其是和江湖沒甚麼瓜葛的，寫得都不算太好。大刀關勝、雙鞭呼延灼這種，地位雖然很高，但面貌實在不突出，關勝簡直就是把《三國演義》的關羽照搬了過來，然而關羽的人格魅力（參見我的《為孩子解讀〈三國演義〉》），卻和江湖世界水土不服。地煞星裏的武將就更不要說了，大都面目模糊。就連奸臣蔡京、童貫，也只是個符號。告訴大家這是奸臣就完了。

比起朝廷武將，《水滸傳》的創作者似乎更了解民間底層。所以他寥寥幾筆就寫得很好的，往往是底層人物。

比如創作者經常在好漢的職業上作區分：白面郎君鄭天壽，

163

長得白淨俊俏，原來是個銀匠；金錢豹子湯隆，渾身都是麻點，力大無窮，原來是個鐵匠；通臂猿侯健，長得黑瘦輕捷，原來是個裁縫。這三個人如果互換，就會覺得「違和」。鐵匠需要掄大錘，在火爐邊上烤，既不能「白淨俊俏」，又不能「黑瘦輕捷」。白淨俊俏，你就會想到首飾釵環等精細活；黑瘦輕捷呢，你就會聯想到自如來去的針線。

尤其是七十二地煞的最後幾名，比如鼓上蚤時遷、白日鼠白勝。白勝只靠一首「赤日炎炎似火燒，野田禾稻半枯焦。農夫心內如湯煮，公子王孫把扇搖」，就足以讓我們記住他了。更何況，智取生辰綱時，他在黃泥岡上還有小品演員一般的出色表現！

鼓上蚤時遷，盜徐寧寶甲的手段，怎麼爬樹，怎麼上房，怎麼裝老鼠叫，若不是創作者有這些生活經歷，斷然編不出來。就是隨便兩句話，也能叫人知道，這是個慣偷。比如時遷在祝家莊偷了飯店一隻雞：

> 小二慌忙去後面籠裏看時，不見了雞，連忙出來問道：「客人，你們好不達道理！如何偷了我店裏報曉的雞吃？」
> 時遷道：「見鬼了耶耶！我自路上買得這隻雞來吃，何曾

見你的雞？」小二道：「我店裏的雞，卻那裏去了？」時遷道：「敢被野貓拖了？黃猩子吃了？鷂鷹撲了去？我卻怎地得知。」（第四十六回）

這副張口就來的無賴腔調，若沒有生活經驗，是很難寫出來的。

這些讓人印象深刻的次要人物，如好色的王英，潑辣的孫二娘，貪財而不失良知的蔡福、蔡慶，當然還包括有特殊技能的蕭讓、金大堅、安道全⋯⋯能拎出一大串。

但即使這樣，還是有一些人沒法寫好。比如一些湊數的人物，有他們不多，沒有他們也不少，創作者就沒寫好，或者說懶得花力氣去寫。這樣的人物約有二十來個。

比如天罡星裏的撲天鵰李應，其實是特別為三打祝家莊安排的。在故事裏他沒有甚麼主動表現的機會，你就很難記住他。地煞星裏，出洞蛟童威、翻江蜃童猛到底有甚麼特色，出林龍鄒淵、獨角龍鄒潤到底有甚麼性格，就實在不好說。

相比之下，還不如八臂哪吒項充和飛天大聖李袞容易被人記住，畢竟他倆用的兵器與眾不同。但不管怎麼說，為了在形式上湊齊一百零八這個數字，創作者是真的盡了最大力量了！

## 梁山以外有哪些精彩的小人物？

《水滸傳》除了寫一百零八將，還寫了許多梁山以外的人物。這些人物，尤其是社會底層的小人物，稍畫幾筆，就活靈活現。

林沖剛進滄州牢營，就遇到牢營差撥來點名。這位差撥，簡直是個奇葩，哪怕把他放在世界最優秀文學作品人物畫廊裏，也一點都不遜色——而他僅僅是林沖故事裏的一個小配角。

故事是這樣的：

> 只見差撥過來，問道：「那個是新來配軍？」林沖見問，向前答應道：「小人便是。」那差撥不見他把錢出來，變了面皮，指着林沖罵道：「你這個賊配軍，見我如何不下拜，卻來唱喏？你這廝可知在東京做出事來，見我還是

大剌剌的。我看這賊配軍滿臉都是餓文，一世也不發跡。打不死、拷不殺的頑囚，你這把賊骨頭好歹落在我手裏，教你粉骨碎身，少間叫你便見功效。」林沖只罵的一佛出世，那裏敢抬頭應答。眾人見罵，各自散了。（第九回）

林沖等他罵完了，就取出十五兩銀子，賠着笑臉遞了上去。五兩給差撥，另外十兩，託差撥帶給管營（差撥的上司）。差撥立即變了一副嘴臉，把之前罵林沖的話，一句句又翻了過來：

差撥見了，看着林沖笑道：「林教頭，我也聞你的好名字，端的是個好男子（也不是賊配軍了），想是高太尉陷害你了（也不是做出事來了）。雖然目下暫時受苦（也不是打不死、拷不殺了），久後必然發跡（也不是一世不得發跡了）。據你的大名（也不是大剌剌的了），這表人物（也不是滿臉餓文了），必不是等閒之人（也不是賊骨頭了），久後必做大官（也不是頑囚了）。」林沖笑道：「皆賴差撥照顧。」差撥道：「你只管放心。」又取出柴大官人的書札，說道：「相煩老哥將這兩封書下一下。」差撥道：

「既有柴大官人的書,煩惱做甚!這一封書值一錠金子。我一面與你下書,少間管營來點你,要打一百殺威棒時,你便只說你一路患病未曾痊可。我自來與你支吾,要瞞生人的眼目。」林沖道:「多謝指教。」差撥拿了銀子並書,離了單身房自去了。林沖歎口氣道:「『有錢可以通神』,此語不差。端的有這般的苦處。」(第九回)

看到這個變臉像川劇一樣快的差撥,你立即會想到一個外國名篇——契訶夫的《變色龍》。

《變色龍》說的是一個巡警奧楚蔑洛夫,發現有個叫赫留金的人被狗咬了,奧楚蔑洛夫一副主持公道的樣子,當時就要查狗的主人。可旁邊有人說這是將軍家的狗,奧楚蔑洛夫立刻變了一副嘴臉,呵斥起赫留金來。然後又有人說不是將軍的狗,又有人說是,奧楚蔑洛夫的態度就不停地變來變去。

照我說,《水滸傳》裏的這位差撥,雖然「變色」的次數比奧楚蔑洛夫少了些,但比奧楚蔑洛夫深刻得多。

奧楚蔑洛夫頂多是趨炎附勢,這位差撥不但趨炎附勢,而且讓我們發現,人如果卑賤起來,究竟可以到甚麼程度!

差撥拿了銀子,變臉之快,故事裏已經寫得很清楚了,可

後面他還有更奇葩的行為。林沖給了他五兩銀子，又託他給管營帶十兩銀子。差撥卻「落了五兩銀子，只將五兩銀子並書來見管營」。轉頭就昧了自己上司一半銀子，真是名副其實的欺上壓下，毫無底線。

你讀過林教頭風雪山神廟就知道，企圖害死林沖的，除了京城來的陸虞候、富安，還有一位，就是這個差撥。就是他和陸謙定計，放火燒了大軍草料場。草料場也算是牢營所管的下屬單位，為了向高太尉賣好，為了給他報一個小小的私怨，竟然連國家偌大一個草料場都敢毀掉，這是多麼大的損失！要知道，這裏是河北滄州，是當時宋遼交戰的邊界。戰馬沒有草料吃，還怎麼打仗？真是為了一點蠅頭小利，可以不要人品，不要職業操守，甚至連自己的性命都是可以不要的。

如果說差撥是惡吏，那押送生辰綱時和楊志同行的老都管就是惡奴。

老都管這個人，你可能都沒印象。他原來是蔡京家的奶公（奶媽的丈夫），到蔡京女婿梁中書家做了管家。楊志押送生辰綱到京城去，梁中書派了他跟着。

這位老都管在蔡府和梁府多年，別的不會，只學會了一套奴才腔調。惡奴倒不像惡吏直接作惡，卻是為虎作倀的老手。

你可以看看他是怎麼做奴才的。

　　楊志押着挑擔的軍人，來到黃泥岡上。天氣酷熱，所有的人都坐倒在地，再不起來。可這地方本就是強盜出沒之處，七、八里之內沒有人家。楊志着急，喝令眾人趕路，這時這位老都管露出惡奴本色來：

　　　　老都管喝道：「楊提轄且住！你聽我說，我在東京太師府裏做奶公時，門下官軍見了無千無萬，都向着我嗒嗒連聲。不是我口淺，量你是個遭死的軍人，相公可憐，抬舉你做個提轄，比得草芥子大小的官職，直得恁地逞能。休說我是相公家都管，便是村莊一個老的，也合依我勸一勸，只顧把他們打，是何看待！」楊志道：「都管，你須是城市裏人，生長在相府裏，那裏知道途路上千難萬難。」老都管道：「四川、兩廣也曾去來，不曾見你這般賣弄。」楊志道：「如今須不比太平時節。」都管道：「你說這話該剜口割舌，今日天下怎地不太平？」（第十六回）

　　這一句一句就是十足十的奴才相。

　　第一句「我在東京太師府」裏，別人還以為是多麼的威

風，結果下面接了一句「做奶公時」，卻又是何等的丟醜。可這位老都管自己不覺得，還為此沾沾自喜。

至於「門下官軍見了無千無萬，都向着我喏喏連聲」，不知是吹大話，還是真的。若是吹大話，說明這位老奶公實在恬不知恥；若是真的，更說明蔡京淫威，奴才放肆，手下眾人又是如何的諂媚，連一個奶媽的丈夫都要巴結。

奴才抬高完自己，馬上就要貶低別人，所以他的話，一句比一句惡毒。

首先說楊志「是個遭死的軍人」，你以為你是提轄，其實原本就是個死囚牢裏臭當兵的。再說是梁中書可憐你，才「抬舉你做個提轄」，你是提轄，也是因為我家的恩情。接下來又說，你這個提轄，不過是個「草芥子大的官職」，逞甚麼能？

又接着說「休說我是相公家都管，便是村莊一個老的」，也該聽一聽勸。第一句是自誇，我是相公家的都管，是平常老百姓嗎？第二句是說何止我這樣一個有身份的老人，就是村子裏一個普通老人，你也得聽勸。意思是說：我的話你怎麼能不聽呢？

最後楊志說如今天下不太平，老都管更是條件反射似的回了一句：「你說這話該剽口割舌，今日天下怎地不太平？」其

實誰都知道，少華山、二龍山、清風山、桃花山，包括梁山泊，哪裏沒有強人出沒，怎麼能叫太平？就連去年的生辰綱，也剛被劫過。為甚麼他睜着眼說瞎話，還如此咄咄逼人？

因為他當奴才當久了，真的以為自己和主子是一體的，便只知道為主子粉飾太平。哪怕天下亂成一鍋粥，他也要閉着眼睛說天下太平，這樣主子才能喜歡。別人說一句真話，他立即充當打手，叫人剟口割舌！這奴性也已經深入骨髓了！

應該說，楊志最後中計丟了生辰綱，和老都管的驕橫愚蠢脫不了關係。但最後，老都管卻和手下人串好了詞，把責任全都推到楊志身上，說生辰綱是他勾結強盜來劫的！這已經是十足的歹毒和無恥了。

除了這些官府小人物之外，《水滸傳》也特別會寫市井小人物。看書裏的描寫，真讓人懷疑這些人是不是真實存在過。

楊志的運氣很不好，先是押送花石綱，路上船翻了，丟了官。回到京城打點，想官復原職，又沒成功，窮困潦倒，只好抱着一把祖傳的寶刀在街上叫賣，這時候，他碰上了一個潑皮無賴，叫沒毛大蟲牛二。

楊志說寶刀有三件好處，第一是砍銅斷鐵，刀口不捲；第二是吹毛立斷；第三是殺人不沾血。前兩樣都試過了，果然應

驗。牛二又要試殺人不沾血：

> 牛二道：「怎地殺人刀上沒血？」楊志道：「把人一刀
> 砍了，並無血痕，只是個快。」牛二道：「我不信！你把刀
> 來剁一個人我看。」楊志道：「禁城之中，如何敢殺人？你
> 不信時，取一隻狗來，殺與你看。」牛二道：「你說殺人，
> 不曾說殺狗。」楊志道：「你不買便罷，只管纏人做甚麼！」
> （第十二回）

「你說殺人，不曾說殺狗」，是無賴的典型嘴臉。

耍無賴是牛二的看家本領，楊志招架不住，回答「不買便
罷」，不願跟他糾纏下去，牛二佔了上風，當然氣焰陡盛，又
耍賴要這口刀：

> 牛二緊揪住楊志說道：「我偏要買你這口刀！」楊志
> 道：「你要買，將錢來！」牛二道：「我沒錢。」楊志道：「你
> 沒錢，揪住洒家怎地！」牛二道：「我要你這口刀。」楊志道：
> 「俺不與你。」牛二道：「你好男子，剁我一刀！」楊志大怒，
> 把牛二推了一跤。牛二爬將起來，鑽入楊志懷裏。（第十二回）

　　潑皮無賴能橫行霸道，首先要有狠勁，其次還要有經驗。牛二憑着多年的經驗，吃得準對方鐵定不會砍他，因為怕惹事。但他沒想到，對面這位賣刀的恰好是一位血性好漢！楊志被牛二幾次三番挑釁，忍無可忍，一刀就要了他的命。

　　牛二這些無賴氣質的台詞和舉止讓人歎服，如果不是寫作者親身經歷過、見證過這樣的潑皮無賴，恐怕是斷斷寫不出的。

　　不高明的作家，寫故事長篇大論，可裏面的人物我們也許一個也沒記住。高明的作家，只要一個動作，一個眼神，甚至一個字，就能把這個人的特點抓出來給我們看。

　　濟州有個緝捕使臣何濤，是專管捕盜的。晁蓋等人智取生辰綱之後，上面限令捉拿，任務一層壓一層，就壓到了何濤身上。上司發話，完不成任務，就充軍發配！

　　這是個無頭案，何濤無可奈何，正在發愁，忽然他弟弟何清來串門。何清是個不務正業的賭鬼，賭輸了就來哥哥這裏打秋風（指藉着沾親帶故的關係佔別人便宜）。何濤正沒好氣，就對他說：

　　　你來做甚麼？不去賭錢，卻來怎地？（第十七回）

《楊志賣刀》

何濤的妻子管待了何清一頓飯，發現原來何清知道賊人的線索。這時候，何濤立即變了一副臉色：

> 何濤陪着笑臉說道：「兄弟，你既知此賊去向，如何不救我？」何清道：「我不知甚麼來歷。我自和嫂子說耍，兄弟何能救的哥哥？」何濤道：「好兄弟，休得要看冷暖。只想我日常的好處，休記我閒時的歹處，救我這條性命！」
> （第十七回）

這段話妙在哪裏呢？妙在兩人的地位是不對等的。何濤再不濟，也是個官府小吏，何清是個不務正業的混混，哥哥看不起弟弟，是很正常的。然而何濤剛才還冷言冷語，一轉眼就和顏悅色，當然是有求於弟弟。更妙處在於何濤的稱呼都變了。何清剛來的時候，何濤討厭他，一口一個「你」，等到發現有求於他的時候，忽然改口叫「兄弟」，甚至「好兄弟」。一個稱呼的變化，親兄弟之間的世態炎涼，就都在裏面了。

武松故事中，王婆是拉攏西門慶和潘金蓮通姦的重要人物。書中她一系列言行舉止，足寫出一個久經世故的老油條形象。有時候我都會懷疑，這個王婆，是不是作者的熟人，否則

怎麼會寫得如此活靈活現！

和王婆對應的是鄆哥。鄆哥是個十五、六歲的小男孩，雖然也磨煉得圓滑世故，乖巧伶俐勁兒卻惹人憐愛。

鄆哥在陽谷縣賣水果為生，西門慶是他的主顧。他要找西門慶賣梨，聽說他和潘金蓮正在王婆家裏鬼混，就找了來。王婆擋在門口，不放他進去，兩個人就鬥了一場嘴。鄆哥在街頭混久了，與王婆這樣的老油條鬥嘴，竟然絲毫不落下風。

> 鄆哥把籃兒放下，看着王婆道：「乾娘拜揖。」那婆子問道：「鄆哥，你來這裏做甚麼？」鄆哥道：「要尋大官人賺三五十錢養活老爹。」婆子道：「甚麼大官人？」鄆哥道：「乾娘情知是那個，便只是他那個。」婆子道：「便是大官人也有個姓名。」鄆哥道：「便是兩個字的。」婆子道：「甚麼兩個字的？」鄆哥道：「乾娘只是要作耍。我要和西門大官人說句話。」望裏面便走。那婆子一把揪住道：「小猴子，那裏去？人家屋裏，各有內外。」鄆哥道：「我去房裏便尋出來。」（第二十四回）

幾句話，就活畫出一個小機靈鬼來。他明明找的是西門大

官人，一般的孩子找來，肯定就老實報上名姓了。但鄆哥機靈，偏偏不挑明，和王婆鬥嘴，把王婆氣得七竅生煙，又無可奈何。

　　鄆哥內心善良，卻也十分實際。武松找他來，要他給武大郎的死做證。他願意幫忙，可又提出了條件：

> 　　鄆哥那小廝也瞧了八分，便說道：「只是一件，我的老爹六十歲，沒人養贍，我卻難相伴你們吃官司耍。」武松道：「好兄弟！」便去身邊取五兩來銀子，道：「鄆哥，你把去與老爹做盤纏，跟我來說話。」鄆哥自心裏想道：「這五兩銀子，如何不盤纏得三五個月？便陪侍他吃官司也不妨。」（第二十六回）

　　他要先安頓好老爹，才能給武松做證。這個行為，當然不是好漢們稱道的「義舉」，卻合乎最基本的人情。這個要求合情合理，難怪武松稱讚他：「你雖年紀幼小，倒有養家孝順之心。」把他當成「好兄弟」了。

# 為甚麼説梁山好漢是平民英雄？

　　《三國演義》和《水滸傳》，都是寫打打殺殺，都是寫英雄好漢。

　　《三國演義》裏有五虎將，《水滸傳》裏也有五虎將。三國五虎將是關羽、張飛、趙雲、馬超、黃忠，水滸五虎將是關勝、林沖、秦明、董平、呼延灼。關勝是關羽的後代，不但長得像，也使一口青龍偃月刀。林沖是「豹頭環眼」，手使丈八蛇矛，也像極了張飛。董平和趙雲都是年輕英俊，馬超和秦明都很勇猛，呼延灼和黃忠也有類似的地方（在一些版本的故事裏，呼延灼晚年因抗擊金兵陣亡）。

　　《三國演義》裏有諸葛亮，《水滸傳》裏有吳用和公孫勝，他倆擔任梁山的正副軍師，正好相當於諸葛亮的作用。出謀劃策是吳用，呼風喚雨是公孫勝。

《三國演義》裏有劉備，《水滸傳》裏有宋江。宋江和劉備也有相似的地方，比如都是以仁義出名，動不動就哭，可是大家就喜歡跟着他。

　　但是，你可能已經注意到：這兩部書裏對人物的稱呼不太一樣：《三國演義》裏，習慣稱為「英雄」。《水滸傳》裏，習慣稱為「好漢」。當然也可以調換過來，你管梁山一百零八將稱為「英雄」沒甚麼問題，可是要管諸葛亮、郭嘉、龐統，甚至周瑜、魯肅稱為「好漢」，是不是有些怪怪的？

　　問題出在哪裏呢？我們先看一些表面的不同：

　　第一，三國英雄的武器比較單調，絕大多數是刀和槍。偶爾有使斧的徐晃，使戟的呂布，就是很新奇的了。關羽的刀，張飛的矛，趙雲的槍，你可能比較熟悉了，但突然問你東吳大將韓當使甚麼兵器，好像一下子真想不起來。

　　其實韓當出場的時候，書裏明明寫着「使一口大刀」。誰知十七年後赤壁之戰時，韓當和焦觸交鋒，「手起一槍，刺死焦觸」。難道是韓當玩刀玩膩了，這時居然又使起槍來了？但你並不覺得有甚麼不合適——事實上你根本不會注意他用甚麼兵器。所以《三國演義》注重的，是這個人在戰爭中的作用，而不是上戰場打打殺殺的功力。

但《水滸傳》的兵器五花八門。光五虎將的兵器，就是刀、矛、槍、狼牙棒和鐵鞭，竟然不重樣！此外，武松的戒刀、魯智深的禪杖、李逵的板斧、解珍解寶的鋼叉、項充李袞的藤牌、燕青的小弩、張清的飛石、樊瑞的流星錘、扈三娘的套索、出身農戶的九尾龜陶宗旺，兵器竟是一把鐵鍬。

區別水滸好漢，兵器是很重要的標誌。兵器可以代表人物性格，而且從不更換。如果哪天李逵居然使起禪杖來，雖然也是一件沉重兵器，你一定認為是拿錯魯智深的了。

第二，三國英雄的本領比較單一，武將就是在馬上打仗，文官就是坐在營寨裏出謀劃策。但是水滸好漢的本領是五花八門，除了五虎將這樣專職打仗的武將外，還有打探消息的戴宗，縫軍旗戰袍的侯健，寫文書的蕭讓，刻印章的金大堅，殺牛宰羊的曹正，飛簷走壁的時遷……

第三，三國戰爭的規模大，水滸戰爭的規模小。三國裏打仗，動輒就是「精兵數萬」，甚至「八十三萬人馬」。可梁山最開始只不過「五七百小嘍囉」，鼎盛時期也不過一萬多人。平均下來，一個頭領也就帶一二百人。

所以，梁山好漢總要親自上陣，帶頭拚殺。阮氏三雄是水軍頭領，周瑜、魯肅也是水軍都督，你見過阮氏三雄在水裏神

出鬼沒，可你見過周瑜、魯肅脫光了衣服跳到水裏打架嗎？說實話，周瑜和魯肅雖然掌管水軍，可他們會不會水，並沒有甚麼關係。

看完這些表面的不同外，我們就可以找一找深層次的不同。水滸好漢和三國英雄最重要的不同就是：他們的出身不一樣。

大多數三國英雄，不是豪強大族，就是文人名士，按現在說是「上層社會」。

曹操的父親曹嵩當過太尉（《水滸傳》的高俅也是太尉）；袁紹家族「四世三公」，一直是朝廷重臣（相當於蔡京）；孫堅父子都是太守級別的官員，董卓、馬騰、劉表、劉璋、公孫瓚等不是皇親國戚，就是地方軍閥；有些人或許出身不高，但他們出場時，一定是早已獲得足夠的地位了。

「好漢」這個詞，宋代之後，一般是稱呼底層社會的英雄的。所以三國英雄裏最像水滸好漢的，是劉備、關羽和張飛。即便如此，劉備恨不得把「劉皇叔」三個字寫在臉上，讓所有人知道他的貴族血統。要知道，梁山上有點兒貴族血統的只有柴進，還是前朝皇族。張飛呢，也是涿郡大戶，一見劉備就說「吾頗有資財」，他有田莊，有桃園，家底就算比不過盧俊義，

也相當於撲天鵰李應。

諸葛亮說自己「臣本布衣，躬耕於南陽」，好像是個農民，其實那是他謙虛。諸葛亮的叔叔諸葛玄可是豫章太守，諸葛亮自幼跟隨叔叔生活。沒有諸葛玄的支持，諸葛亮怎麼可能一邊「躬耕隴畝」，一邊卻對天下大勢了解得如此透徹？

周瑜是江東名士，精通音樂，「曲有誤，周郎顧」。而梁山上精通音樂的鐵叫子樂和，只是一個民間歌手，在登州監獄當獄卒；善於吹笛的馬麟，只是個閒漢。登州監獄裏，是不可能有「曲有誤，樂和顧」這樣風雅的畫面。

所以，三國是貴族、高官、豪強、名士的遊戲場，沒有普通百姓甚麼事。其中或許有些底層人物加入進來，如黃巾軍出身的廖化、周倉，強盜出身的甘寧，但他們早已改變了自己的處境，接受了上層社會的遊戲規則了。

但水滸英雄出身都是底層社會。宋江是縣裏的小吏，吳用是教書先生，公孫勝是遊方道士。梁山主要戰將，除了呼延灼官職稍高之外，關勝是巡檢，林沖是禁軍教頭（普通武術教練，雖然「八十萬」很唬人），魯智深是提轄，都是低級軍官。再往下，三阮是漁民，劉唐是流浪漢，李逵是獄卒，張青、孫二娘是小酒店老板，王英是趕車的，呂方是賣藥的，郭盛是賣

水銀的，石秀是販牛馬的，湯隆是鐵匠，時遷是小偷……即便有錢的如晁蓋、盧俊義、李應、穆弘，也只是土財主，而絕不是權貴。

用一句話概括，梁山好漢的主體是市民階層。比《三國演義》的精英階層差了一大截。

因為來自底層，所以他們沒有制式的兵器，尤其是江湖上的好漢，兵器都是揀自己順手的用，也不管符不符合正規軍的習慣，板斧、鐵鍬全都冒了出來。

因為來自底層，他們引人注目的刻印、裁縫、打鐵、獸醫等技能，都是謀生的本領。而且梁山上一切需要自給自足，所以甚麼樣的人才都需要。

因為來自底層，擺在他們面前的第一個問題就是生存。魯智深趕路，想的是如何找碗粥喝；林沖在草料場，想的是如何打酒暖身子；武松在柴進莊上，想的是下一個地方去投奔誰。而不是像曹操和劉備，坐在花園裏，青梅煮酒，慢慢品評天下誰是英雄。更不會像諸葛亮那樣，「淡泊以明志，寧靜以致遠」，想的是如何「興復漢室，北伐中原」。這些對水滸好漢來說，未免太奢侈了。三國英雄早就不需要為吃飽穿暖發愁，他們想的事情更宏大、更長遠。

但是，這樣說來，《水滸傳》就比不上《三國演義》嗎？不是的，對底層社會的描寫和關注恰恰是《水滸傳》的優秀之處。

　　這就反映了更深層的不同：兩部書的重點不一樣。

　　因為即便是在《三國演義》裏，打仗也需要軍旗戰袍，調兵遣將也需要寫文書、刻印章，武將們打完仗也得吃喝，這些基礎工作總得有人做。可是《三國演義》是不管這些的。刺探軍情，只要一個「探子來報」就可以解決一切，然後高層就開始商議軍機大事了。至於這個探子在敵前吃了多少辛苦，擔了多少風險，姓甚麼叫甚麼，《三國演義》是根本不關心的。曹操為報父仇打徐州，需要白旗白甲，一個命令下去，全軍就打起白旗，穿上白甲了。這些裝備是誰趕做的，那也是不用問的，自然有底下人幫這些大英雄準備好。

　　你看到三國英雄叱吒風雲，可曾想過：他們的戰馬病了誰來治？他們的盔甲壞了誰來修？他們餓了，飯菜誰來安排？

　　你看到三國英雄縱橫捭闔，可曾好奇過：廖化當年是如何落草的？甘寧早年為甚麼做水賊？張角兄弟經歷了甚麼，一定要造反？

　　《三國演義》寫押運糧草，幾句話就到了前線。你可曾想

過：這些運糧的士兵，如果趕上酷暑怎麼辦？是趁白天趕路還是趁夜涼趕路？他們辛苦不辛苦，想不想家？押隊的將領對他們好不好？路上的飢民，看到這麼多糧食，有沒有動過搶劫的心思？

你看《三國演義》裏，幾句話就打下一座城，你可曾想過：城裏小販的生意還能不能做？菜價會不會漲？晚上居民能不能出來閒逛？會不會有人趁火打劫？普通人家的孩子，躲在門縫後看着滿城亂跑的兵馬，是害怕他們的刀槍，還是羨慕他們的威風？

每個小人物的經歷和情感，都是獨一無二的。它們的價值甚至比英雄們的龍爭虎鬥更寶貴。但這是粗線條的《三國演義》不能告訴我們的（當然，這也不是它的任務）。它只關心打下了哪座城，佔住了哪座關。即使是頂級英雄如劉關張、諸葛亮，也不過是天下大局棋盤上的一顆顆棋子。

《三國演義》沒告訴你運糧的士兵的處境，但《水滸傳》細細地告訴你了：楊志押送生辰綱，熱得嘴裏冒火，無比辛苦；《三國演義》沒告訴你亂兵進城時老百姓的遭遇，但《水滸傳》細細地告訴你了：「剿匪」的官兵下到三阮村子裏，就要大吃大搶，老百姓不堪其擾。

《水滸傳》沒寫皇帝和大臣是怎樣商議大事的，但告訴你社會的底層是甚麼樣的，官府小吏如何敲詐勒索，街頭潑皮如何橫行霸道。歷史教科書上經常寫「政治腐敗，民不聊生」這樣的話，具體在《水滸傳》裏，就是林沖的妻子被逼上吊、武松告狀無門、三阮打不到魚，以及呂方、石秀等人做生意「消折了本錢」。

　　所以，《三國演義》宏偉，《水滸傳》細緻。《三國演義》放眼的是天下大事，《水滸傳》着重的是個人經歷。《三國演義》是「鳥瞰」，《水滸傳》是「特寫」。因此，你會發現，《水滸傳》寫千軍萬馬打仗，反倒沒那麼好看。《水滸傳》最擅長的，就是給你講一個個好漢的故事，你跟着他們的視角，和他們一同悲喜，一同去看更大的世界。

　　小說歸根到底，是要寫人的。從「事」轉移到了「人」，這是文學的進步，也是《水滸傳》的不朽之處。

## 水泊梁山是烏托邦嗎？

　　《水滸傳》和《西遊記》，同是四大名著，同有一座名山。

　　《水滸傳》裏有一座梁山，《西遊記》裏有一座花果山。雖然一個在現實世界，一個在神話世界，你會發現，這兩座山還真有一樣的地方。

　　一樣都在水裏：花果山在大海裏，離最近的傲來國也有二百里水面。梁山在大湖裏，周圍是八百里梁山泊。朝廷官府管不到。

　　一樣有一支勢力佔山為王：孫悟空帶着一幫小猴，佔領花果山，抵抗天兵天將；梁山上一百零八將，對抗大宋朝廷。

　　一樣平等相處，毫無私心：花果山猴子們「朝遊花果山，暮宿水簾洞，合契同情」；而梁山好漢們呢，梁山大聚義之後，書裏有這麼一大段：

山分八寨，旗列五方。交情渾似股肱，義氣真同骨肉。斷金亭上，高懸石綠之碑；忠義堂前，特扁金書之額。……人人勠力，個個同心。休言嘯聚山林，真可圖王伯業，列兩副仗義疏財金字障，豎一面替天行道杏黃旗。

（第七十一回）

這段話把梁山寫成一片樂土。只要上了梁山，就都是一樣的骨肉弟兄，不分高低貴賤，不分遠近親疏，勠力同心，共謀大業。這樣的地方，怎麼不讓人羨慕！

其實，你只要稍微多看點兒書，就會發現，很多故事裏，都有一個類似這樣的地方。

中國神話傳說中，東海中有蓬萊仙島，上面有金碧輝煌的宮殿，美麗的樹林，各種各樣的奇珍異果。仙人都住在島上，可以長生不老，還駕着仙鶴飛來飛去。

《彼得·潘》裏，有一個永無島，永無島是一個美麗的海島，島上的人天真快樂，孩子們所有的幻想都可以在這裏滿足。

陶淵明寫過一個桃花源。秦朝戰亂，一群人拖家帶口，逃到了一個山洞裏。山洞那邊是一片與世隔絕的天地，他們在裏面快樂地生活，再也不出來。

《紅樓夢》裏，有一個大觀園。這座花園美麗幽靜，賈寶玉、林黛玉等少男少女住在裏面，寫寫詩，讀讀書，生活自由自在。

　　英國作家托馬斯‧莫爾寫過一本書叫《烏托邦》。烏托邦是一座二百里長的海島，風景優美，物產豐富。島上所有的人都是平等的，沒有貴族，沒有僕人，沒有乞丐，甚至沒有小偷，家家戶戶不上鎖，生活永遠美滿幸福。

　　後來「烏托邦」這個詞流行開來。於是，凡是與世隔絕、人們過着理想生活的地方，都可以叫烏托邦。蓬萊仙山、永無島、桃花源等都是烏托邦。

　　因為現實世界太多的事不順心，所以烏托邦就顯得特別美好。人們想到蓬萊仙山去，到世外桃源去。你肯定也動過這樣的念頭：老師和家長的嘮叨太麻煩，要是能躲到一個地方無憂無慮地玩就好了。

　　但是，這些故事裏的烏托邦，有一個共同的特點：要麼不能維持下去，要麼乾脆在凡人的視野中悄悄消失。

　　孫悟空被捉上了天宮，二郎神帶着天兵天將掃蕩了花果山。等五百年後孫悟空再回來，只看到一片焦土和僅存的一千多隻猴子。

大觀園的結局是，少男少女都長大了，結婚的結婚，病故的病故，一座大花園漸漸荒蕪。（這樣看來，四大名著裏只有《三國演義》沒有烏托邦，所以《三國演義》的英雄氣概最強烈）

蓬萊仙島本來有五座山，是被水下十五隻巨大的烏龜馱着的。誰知道海邊有一個巨人國，叫龍伯國，國中的巨人到海邊釣魚，沒幾步就走到了仙山旁邊，一下子釣起了六隻大烏龜。結果五座山中有兩座漂流開去，沉沒在北極，成千上萬的仙人流離失所。

從永無島回來的孩子，就再也飛不起來。

去過桃花源的人，再去就找不到了。

為甚麼會這樣呢？因為這些烏托邦有一個共同的特點：封閉。

一個封閉的地方，如果不和外界交流，就會出問題。

如果敵人來了怎麼辦？如果地方住不下了怎麼辦？如果物產用光了怎麼辦？如果人們住膩了怎麼辦？如果外界有人來攻打怎麼辦？

所以，要麼被內部的力量衝破，要麼被外來的力量打破，烏托邦一定是無法長久維持的。

你如果讀過一部兒童文學作品《水孩子》，就知道裏面有

一個更快樂的烏托邦，名字就叫逍遙國。國裏的人成天躺在懶果樹和葡萄藤下，果子和葡萄汁會自己掉進人的嘴裏，烤熟的小豬會自己跑過來，喊着「快來吃我」，人們才會咬下一塊肉。這真是無憂無慮、自由自在了！

但是，逍遙國的人們懶得工作，懶得思考。後來遭遇了火山爆發，人死了一大半，剩下的也漸漸變成了野獸和獵人們的盤中餐。

擺在梁山英雄面前的問題，也是這樣：一百零八將聚齊之後，下一步怎麼辦？

將士們總有老去的時候，朝廷總有打來的時候，積攢的糧食總有吃完的時候……現在快活了，幾年後呢？十幾年後呢？幾十年後呢？

很多好漢都是帶着家小上山的，比如徐寧。他們的孩子，注定要在梁山上長大。孩子們長大以後怎麼辦呢？再下一代呢？

所以，既然大家上了梁山，當然要建設梁山，但終究又要走出梁山。

梁山之外，是大宋朝廷控制的世界。所以要走出梁山，只有兩種方式：

第一，把朝廷推翻，自己當皇帝。

第二，和朝廷講和，幫朝廷做事。

當然，還有第三種方式，就是被朝廷打敗，抓住，殺頭。這是誰都不願意的。

梁山的領袖宋江，在這件事上特別明確，就是走第二條路！古代叫招安（指造反勢力在朝廷的招攬下投降、歸順，朝廷一般都會給主要首領封官）。

但是要不要招安，梁山弟兄們想的並不一樣。這件事，在大聚義之後就鬧過一場。

當時梁山上大擺宴席，宋江寫了一首詞，最後一句是「望天王降詔早招安，心方足」，叫鐵叫子樂和唱：

> 樂和唱這個詞，正唱到「望天王降詔早招安」，只見武松叫道：「今日也要招安，明日也要招安去，冷了弟兄們的心！」黑旋風便睜圓怪眼，大叫道：「招安，招安！招甚鳥安！」只一腳，把桌子踢起，團做粉碎。……（宋江）便叫武松：「兄弟，你也是個曉事的人。我主張招安，要改邪歸正，為國家臣子，如何便冷了眾人的心？」魯智深便道：「只今滿朝文武，俱是奸邪，蒙蔽聖聰，就比俺

193

的直裰染做皂了，洗殺怎得乾淨。招安不濟事！便拜辭了，明日一個個各去尋趁罷。」（第七十一回）

武松、李逵、魯智深都反對招安。但其他人恐怕就不好說了。

關勝、呼延灼、董平、張清等人，本來就是朝廷武將，當然願意招安。宋江邀請他們入夥的時候，都明確說明梁山在等待招安，這些人才肯來的。如果真的殺去東京，勢必依靠擅長陸軍作戰的他們。三阮未必想招安，但他們的水軍只能在梁山泊裏用，屬於防守部隊，自然說不上甚麼話。

還有一些人，雖然不是朝廷武將，但也是想招安的，比如戴宗。戴宗邀請石秀入夥的時候還說：「一者朝廷不明，二乃奸臣閉塞。小可一個薄識，因一口氣，去投奔了梁山泊宋公明入夥。如今論秤分金錢，換套穿衣服，等朝廷招安了，早晚都做個官人。」石秀聽了，原來無論怎樣都有好處，就更願意來了。

更多的人，像七十二地煞裏的大部分，都沒有明確表態，恐怕是無所謂，甚至想都沒有想過。

要不要招安這個問題，幾百年來討論得很激烈。有人說宋

江愚忠，也有人說他另有居心，還有人說梁山的實力其實打不過朝廷⋯⋯各種說法都有。

這些說法，當然都有道理。但有一點非常重要，那就是：梁山好漢的經驗、能力、習慣、興趣，都是適合梁山這個「烏托邦」小樂園的。他們不知道怎樣去征服外面的世界，更不知道怎樣去管理這個世界。

受招安容易，打江山難。有人讚賞魯智深、武松、李逵三個人的堅定。但先別忙誇，他們三個雖然鬧得兇，你要是問他們：我們若殺去東京，如何作戰部署？如何招攬百姓？如何補充兵力？如何處理和遼國的關係？如何做好後勤？⋯⋯他們上戰場廝殺行，這些大問題是回答不出來的。不要說這些大問題，你讓他們單獨帶一支隊伍打一座城，估計都打不下來。

但是，你如果看《三國演義》，不要說問諸葛亮、曹操，就是把這些話問劉備，問關羽，甚至問和李逵一樣魯莽的張飛，他們都能多多少少說出個一二三來。張飛甚至能獨立帶一支隊伍，打下零陵，打進益州。而梁山好漢攻城略地之後，竟從沒想過就地佔領，而永遠是開了倉庫，把錢糧收拾上山。

吳用是梁山上的軍師，相當於《三國演義》裏的諸葛亮。但諸葛亮還沒出山，就給劉備提出了隆中對，是一套完整的戰

略規劃。而吳用第一次出場，說了些甚麼呢？

吳用遊說阮氏三雄去劫奪生辰綱。阮氏三雄說了這樣幾句話：

> 阮小五道：「他們（指當時佔據梁山的王倫）不怕天，不怕地，不怕官司，論秤分金銀，異樣穿綢錦，成甕吃酒，大塊吃肉，如何不快活！我們弟兄三個空有一身本事，怎地學得他們。」⋯⋯
>
> 阮小七又道：「人生一世，草生一秋。我們只管打魚營生，學得他們過一日也好。」
>
> 阮小二道：「如今該管官司沒甚分曉，一片糊突，千萬犯了迷天大罪的倒都沒事。我弟兄們不能快活，若是但有肯帶挈我們的，也去了罷！」
>
> （第十五回）

吳用一聽就高興了，說，我這次來，就是請你們去劫生辰綱，大家圖個一世快活！

三阮是貧苦漁民，他們不想打天下是正常的。只是為了「成甕吃酒，大塊吃肉」，進一步不怕天，不怕地，不怕官司。

一句話，只是為了快活，是為了自己個性的舒張。有一個烏托邦能做到這一點，他們就滿足了。

但是，吳用呢？吳用對三阮，對晁蓋，甚至後來對宋江，可曾有一點和隆中對差不多的戰略規劃嗎？他在梁山上做的謀劃，要麼是打仗的戰術，要麼是解決實際問題的方法，甚至是耍點兒小聰明，從來沒有真正思考過大戰略。

晁蓋呢？盧俊義呢？關勝、林沖呢？都沒有。副軍師公孫勝呢？也沒有，他是個很好的法師，自己或許能修煉得道，卻從不討論這些問題。

所以說，梁山上到軍師，下到普通好漢，都不知道如何經營這個烏托邦，更不知道如何應對外面的世界。梁山上唯一考慮未來出路的，只有宋江一個人。他提出的招安，還真成了唯一能走的路了！就算他造反到底，他這些兄弟們真的「給力」嗎？

水滸英雄打不下江山，花果山妖猴也打不下天庭。你如果細讀《西遊記》前七回，就會發現，孫悟空雖然神通廣大，卻從來沒想過推翻玉帝，也從來沒有在這方面做過一絲一毫的準備。他結拜七大聖，正和梁山好漢結拜一個樣，喝喝酒，吃吃飯，圖個快活。他甚至接受了太白金星的兩次「招安」，只是

因為嫌待遇不好，又反下天庭來了。

孫悟空只是在煉丹爐裏煉了四十九天之後，滿腹怨氣，打上靈霄寶殿，才想起來「教玉帝讓天宮與我」。其實，即便讓他取代了玉帝，難道管理天宮眾神仙還跟在花果山管理猴子一樣嗎？

所以，孫悟空說的「皇帝輪流做，明年到我家」，大致也就相當於李逵的「殺去東京，奪了鳥位」，至於怎麼殺，怎麼奪，奪了位置之後怎麼管理，這是他們通通沒有想過的事情。

所以，梁山好漢只能接受招安，依舊回到原來的遊戲規則裏，幫朝廷去打其他造反勢力了。

方臘是他們征討的最後一個勢力。在打方臘的過程中，梁山好漢戰死了一多半，剩下的也受傷的受傷，遇害的遇害，最後星流雲散。

你可能十分惋惜，生氣，恨他們為甚麼不造反到底。但除了招安，他們又能怎麼辦呢？

沒有辦法，這就是《水滸傳》的悲劇，是古今中外一切烏托邦的命運。

# 梁山好漢都會甚麼武功？

你如果讀過一些現代武俠小說，就會發現，《水滸傳》裏好漢們的武功，和武俠小說裏的武功不一樣。

現代武俠小說裏的俠客，需要練內力，找祕籍。段譽用手一指，指尖就會發出六脈神劍；令狐沖輕輕一劍，就可以刺瞎十五個人的眼睛；大俠們在穴位上輕輕一點，就可以讓人定住不動。至於這內力是怎麼發出來的，劍招為甚麼這樣快，到底有沒有可以定身的穴位，作者並不會給你解釋。

其實，武俠小說裏的武功已經非常脫離現實了。真正的武功，並沒有這樣神奇。要說接近真實狀況，還得說《水滸傳》裏好漢的武功。

有人喜歡給《水滸傳》裏的好漢做武力排名。但是，《三國演義》裏的武功或許可以排名（見我的《為孩子解讀〈三國

演義〉》），《水滸傳》卻難。因為三國武將幾乎都是騎在馬上打仗，整齊劃一，而水滸好漢各有各的本領。就像打籃球的和踢足球的，沒法在一起比。

比如，你說林沖的武功比時遷高，可是你讓林沖飛簷走壁試試；你說李逵的本事比張順大，可兩個人要是在水裏打，張順能把李逵打得毫無還手之力。

你可能會說，這些有特殊本領的，如輕功、水中功夫都可以不算，那麼你讓林沖和燕青打一架試試。林沖在馬上，端着長矛，燕青肯定不是他的對手。但如果不許用兵器，近身搏鬥，燕青是「小廝撲」①天下第一，林沖怕真的不行。

而且，特殊兵器還會在特殊場合起作用。呼延灼攻打梁山，使用了連環馬。「官軍馬帶馬甲，人披鐵鎧，馬帶甲只露得四蹄懸地，人掛甲只露着一雙眼睛。」當時宋江手下有秦明、林沖、扈三娘、花榮、孫立等高手，然而根本抵擋不住。林沖、雷橫、李逵等人還中了箭。可是，只要徐寧的鈎鐮槍一來，連環馬就被破了。你說徐寧比這些人都厲害，卻也不見得。

所以，《水滸傳》的武功有很多種，適合不同的場合。如果強行要比的話，除開水戰、輕功等特殊的本領外，大致可分

---

① 古代一種防身術。

為兩種：馬上功夫和步下功夫。

第一種是衝鋒陷陣的本領。梁山好漢這方面武功比較高的，基本上都是正規軍的軍官，五虎將關勝、林沖、秦明、呼延灼、董平都是。其餘的，如花榮是清風寨知寨，魯智深、楊志都做過提轄官，張清是東昌府猛將，徐寧是禁軍金槍班教頭，索超是大名府正牌軍。史進雖然沒當過軍官，卻也是禁軍教頭王進的徒弟，學的全都是正規軍的本領。

練武之人能派上最大用場的地方，自然是戰場。所以正規軍隊中訓練出的武將，是最能打的一批人。甚至軍中武將還瞧不起江湖好漢的本領。

比如呼延灼奉命征討梁山泊，和魯智深、楊志交手，先是和魯智深打了四十多個回合，不分勝敗。後來楊志出馬，又打了四十多個回合，依然不分勝敗。

> 呼延灼見楊志手段高強，尋思道：「怎地那裏走出這兩個來？好生了得，不是綠林中手段。」（第五十七回）

綠林就是江湖強盜的意思，江湖好漢沒有受過正規訓練，自然被呼延灼鄙視為「綠林中手段」。

事實上，「綠林中手段」一旦上了戰場，的確就很快顯出劣勢來。比如打虎將李忠，雖然「家中祖傳靠使槍棒為生」，但他教史進的武功，被禁軍教頭王進一眼就看出了破綻，「贏不得真好漢」，又對史進父親說：「只是令郎學的都是花棒，只好看，上陣無用。小人從新點撥他。」李忠見了呼延灼，「鬥了十合之上，見不是頭，撥開軍器便走」，若不是魯智深及時來救，就被呼延灼生擒了。

相反，只要有些正規軍背景，哪怕是做了多年綠林好漢，基礎也絕不會差。比如歐鵬，他位列地煞星，並不是多麼出眾的人物，可是他戰扈三娘，作者特地點了一句：「原來歐鵬祖是軍班子弟出身，使得好大滾刀，宋江看了，暗暗的喝采。」最後雖然沒有打敗扈三娘，卻也沒在她手裏吃虧。這就是打把式賣藝和軍班子弟的區別。

其實現在也一樣，你去看街上的武術表演，很多都是花拳繡腿，只是好看，不見得有真正用途。但真正的特種兵，學的都是一招制敵的本領，並不一定好看，但一定好用。

但是，打仗也要分場合。像關勝、秦明這種武將，讓他在寬闊的戰場上衝殺可以，但你叫他在街頭小巷，或是山林沼澤裏打仗，怕就使不出本事。他們擅長的都是長兵器，還沒使幾

招，兵器要麼撞上牆，要麼碰上樹，根本無法施展。

有一部日本電影叫《黃昏清兵衛》，大反派是一位著名劍客，他躲在屋子裏，利用房屋的掩護，把藩主派進去捉他的武士都殺了。這種時候，不要說關勝的大刀、林沖的長矛派不上用場，就是花榮的弓箭也沒辦法。最後，藩主請來了擅長短刀的清兵衛，才將劍客擊敗。

《水滸傳》中還有一批好漢，擅長近身搏鬥的步下武功，一般是短兵器和拳腳功夫。這些本領軍隊裏雖然也練，但畢竟不像行走江湖的好漢幾乎天天用。這些好漢基本上都是平民英雄，因此他們會的武功，也帶有鮮明的平民特點。

這裏面最出色的是武松。

書裏沒說武松的武功是從哪兒學的，但是他擅長刀法和拳腳，無疑是江湖遊俠的本事。醉打蔣門神時，武松使出了絕招「玉環步，鴛鴦腳」，一下就把蔣門神打倒了，書裏詳細寫了這一招的用法（這一招我小時候也照着書練過，可惜到現在也沒練成）：

> 原來說過的打蔣門神撲手：先把拳頭虛影一影，便轉身，卻先飛起左腳，踢中了，便轉過身來，再飛起右腳。

> 這一撲有名，喚做「玉環步，鴛鴦腳」。這是武松平生的真才實學，非同小可！打的蔣門神在地下叫饒。(第二十九回)

你會發現，武松賴以成名的幾場戰鬥，景陽岡打虎、鬥殺西門慶、醉打蔣門神、血濺鴛鴦樓，要麼發生在密林，要麼發生在室內，要麼發生在鬧市，都不是開闊場地。在開闊的疆場上，讓他騎上戰馬，雙腿被束縛，反倒不如五虎將耀眼了。

近身搏鬥裏，還有一種特殊的搏鬥術叫相撲。這也是一種平民運動。梁山好漢裏，最擅長相撲的是燕青、焦挺兩位。相撲過去又叫角抵，其實就是今天的摔跤。現在日本還有這種比賽，只是規則上和宋代的相撲發生了一些變化。

你別看李逵一身蠻力，兩把大斧，他在梁山上最怕的兩個人，就是燕青和焦挺。

李逵有一次下了梁山，遇到一個大漢：

> 李逵便搶將入來。那漢子手起一拳，打個搭墩[①]。李逵尋思：「這漢子倒使得好拳！」坐在地下，仰着臉問道：「你這漢子姓甚名誰？」那漢道：「老爺沒姓，要廝打便和

---

[①] 屁股着地摔了一跤。

你厮打。你敢起來？」李逵大怒，正待跳將起來，被那漢子肋羅裏又只一腳，踢了一跤。李逵叫道：「贏他不得！」扒將起來便走。（第六十七回）

原來這位就是「祖傳三代相撲為生」的沒面目焦挺。李逵這麼勇猛的人，都被焦挺打得狼狽不堪。

宋江怕李逵惹事，經常叫燕青跟着他。李逵一不聽話，「被燕青抱住腰胯，只一交，攧個腳稍天」，李逵就得乖乖地跟燕青走。

相撲有許多招式，燕青在泰山腳下，與大力士任原打擂，使出一招「鵓鴿旋」。書裏寫得十分詳細：

> 任原看看逼將入來，虛將左腳賣個破綻，燕青叫一聲：「不要來！」任原卻待奔他，被燕青去任原左脅下穿將過去。任原性起，急轉身又來拿燕青，被燕青虛躍一躍，又在右脅下鑽過去。大漢轉身終是不便，三換換得腳步亂了。燕青卻搶將入去，用右手扭住任原，探左手插入任原交襠，用肩胛頂住他胸脯，把任原直托將起來，頭重腳輕，借力便旋四五旋，旋到獻台邊，叫一聲：「下去！」把任

原頭在下，腳在上，直攧下獻台來。這一撲，名喚做「鵓鴿旋」。數萬看官看了，齊聲喝采。（第七十四回）

宋代從上到下，都喜歡看相撲。朝廷大典、皇帝生日、外交宴會，壓軸戲都會有相撲表演。皇宮裏還專門成立了專業的相撲隊，叫內等子，共一百二十人，分上中下三等。民間也有專業的相撲社團，叫相撲社，專門在街上表演。相撲在當時是一種賺錢的職業，所以焦挺能夠祖傳三代以相撲為生。其實武松醉打蔣門神的那兩招，書裏叫「撲手」，應該也和相撲有關，或者本來就是相撲裏的招式。

宋代甚至還有女子相撲。京城的相撲表演，都是男女都有，而且是先上女子，後上男子。甚至一些著名的女相撲手還青史留名，如賽關索、囂三娘、黑四姐等。

相撲有許多規矩，是一種公平的競技比賽。但是，燕青、焦挺能把李逵摔得起不來，武功就真的很厲害嗎？也不見得。

因為相撲和打仗不一樣。相撲有規則，比如有一條重要規則是不許暗算，就是不能用暗器傷人，比賽雙方誰都不想着把對方殺死。相撲手習慣了這些規則，只善於在規則下把人摔倒。至於如何殺死對方，卻很少研究。

但打仗可不一樣，戰場上沒有規則，死神就是規則。要乾淨利落地殺死敵人，越簡單越好，越省事越好。

　　所以你看王進、林沖和人交手，都是「只一繳」，「把棒從地下一跳」，乾淨利落，一點兒花活也沒有。如果能有花榮那樣的好箭法，就是「暗算」取勝，那也沒甚麼不光彩。

　　而且，戰場上的武將，都是騎着戰馬，或者拿着長兵器，有誰會等到你貼到身邊來摔跤？

　　所以燕青、焦挺雖然相撲厲害，在戰場上卻沒有出色的成績。武松也是，他雖然拳腳厲害，在大戰役裏的表現並不出色，甚至還不如扈三娘。

　　其實，無論把兵器玩得多麼熟練，真正上陣打仗，最重要的還是勇氣。這裏面最典型的就是李逵。

　　李逵有甚麼武功呢？就是一身蠻力，加上亂掄亂劈的兩把板斧。可只要是打仗，他都衝在最前面。敵人往往是看見一條「黑凜凜大漢」衝了上來，「黑煞天神」一般，嚇都嚇傻了。

　　所以，決定勝敗的，除了過人的武功之外，還有天不怕地不怕的勇敢。

　　這個道理可以放在做任何事上，假如你不會幹，沒關係，最起碼要有勇氣去嘗試！

# 《水滸傳》裏為甚麼有那麼多人會法術？

　　《水滸傳》是一部反映現實的小說，可是奇怪的是，裏面許多故事中，都引入了超現實力量。而且這些超現實力量有時候還是扭轉局面的關鍵。

　　比如說，梁山上有兩個軍師，正軍師是智多星吳用，副軍師是入雲龍公孫勝。

　　公孫勝是個道士，能呼風喚雨，甚至比《三國演義》裏的諸葛亮還厲害。何濤帶着官軍來梁山泊抓人，公孫勝坐在船頭，拿着寶劍，就招來一陣狂風。這要是諸葛亮，還得築七星壇，上壇禱告，才能借來東風。

　　還有神行太保戴宗，擅長神行法。作法的時候，在腿上綁上甲馬①，就能飛快地跑起來。綁兩個甲馬，一天能走五百里；

———————
① 請神用的符，畫在紙或布上。

綁四個甲馬，一天能走八百里。而且還能帶人，把甲馬綁在別人腿上，和他同行，一樣可以日行幾百里。

高唐州知府高廉，是高俅的兄弟，也擅長法術。只要用劍一指，就會捲起一陣怪風，衝出來一群怪獸毒蟲。宋江去攻打高唐州，被高廉殺敗，只好派戴宗和李逵去請入雲龍公孫勝。公孫勝的師父羅真人，更是神通廣大，他教了公孫勝「五雷天罡正法」，才打敗了高廉。

你還會發現魯智深在五台山出家時，他的師父智真長老也有些奇異的本領，比如能夠入定，在入定中看到魯智深的未來，還給他作了預言。後來這些預言都應驗了。

這些故事都很好看，然而你會問：《水滸傳》又不是《西遊記》，為甚麼這麼多人會法術呢？

不光《水滸傳》，你只要翻一翻四大名著，就會發現，除了《西遊記》是不折不扣的神話之外，其餘三部雖然是寫現實的，但都有類似的超現實力量。

《三國演義》裏諸葛亮會借東風，會禳星，還認為天上某顆星代表自己。另外，書裏許多人都會算卦。

《紅樓夢》裏賈寶玉能夠夢遊太虛幻境。還有神仙似的一僧一道，經常出來說些神祕預言。

其實，我們今天多數人都不相信有神有鬼了，但古人並不是這樣。古代科學不發達，對於人生，古人覺得也許真有命運在冥冥中主管一切，如果會入定、算卦的話就能預知未來。對於變幻莫測的自然，他們覺得也許真的有呼風喚雨的法術，有神行千里的符咒。

他們是這樣認為的，自然也會把這些東西寫到故事裏。他們並不覺得那是胡編亂造——最起碼，他們的態度是寧可信其有，不可信其無。

就好比書裏寫公孫勝會祭風。其實古代的兵書裏，都有專門教你祈禱風神雨神幫忙的章節（當然那只是迷信）。甚至軍隊裏都請幾位會法術的高人，專門做這種事情。不管靈不靈，有了他們，起碼將士們會安心。

他們出行、打仗，甚至石秀的肉鋪開張、潘金蓮做衣服、忠義堂換牌匾等都要看看曆書，選個良辰吉日。他們相信一年三百六十五天，每天都是由各種降災或降福的星神控制的。這是老百姓的想像，雖然今天看上去很荒謬，但這種想像卻十分可愛。至少對於他們來說，自然界是有秩序的，人類是可以和自然界溝通的。

就算作者不相信這些，但是在故事裏加一點兒神祕的東

西，故事就會變得有意思起來。

比如說，可以用預言來預示故事走向和人物結局，相當於給讀者一個小小的「劇透」，但又不說明白，讓你去猜，就會吸引你向後看。

《水滸傳》裏有許多預言。五台山的智真長老告訴魯智深：「逢夏而擒，遇臘而執。聽潮而圓，見信而寂。」這個謎語需要你來猜。等一直看到全書最後，讀者才發現這四句謎語的意思是：魯智深在征討方臘的時候，追殺了大將夏侯成（逢夏而擒），又捉住了方臘（遇臘而執），最後在錢塘江的潮信聲中圓寂①。

預言會讓故事吸引人。不光中國作家這樣寫，西方作家也這麼寫。

你如果看過莎士比亞的《麥克白》，就會知道麥克白遇到了三個女巫。女巫給他作了預言：只有勃南森林向他移動時，他才會落敗。麥克白想，這怎麼可能呢？結果敵軍在勃南森林折下了許多樹枝，掩護着軍隊前進，看起來真的像森林在向麥克白走來。於是麥克白被打敗了。

除了預言，還有一些有趣的法術，可以讓故事變得很有趣。

---

① 　得道高僧去世。

《水滸傳》裏有一個特別好玩的故事，叫《戴宗智取公孫勝，李逵斧劈羅真人》（第五十三回）。

　　故事說：為了打敗會妖法的高廉，神行太保戴宗和李逵去薊州請公孫勝。戴宗向公孫勝的師父羅真人求告，羅真人才放公孫勝下山。

　　這段故事，和《水滸傳》主體故事其實沒甚麼關係，要想省事，只要寫一句，「派神行太保戴宗連夜搬請公孫先生來」就可以了，結果居然寫了整整一回。你看了才發現，原來作者寫這一回，就是為了用法術捉弄李逵的，一路上讓他出盡了洋相。

　　戴宗因為要作法，自己吃素，要求李逵路上也吃素。李逵雖然答應，卻實在忍不住，背地裏買了酒和牛肉，在屋裏偷偷地吃。戴宗發現了，第二天就故意用神行法捉弄他。他在李逵腿上綁了甲馬，卻不讓它停下來：

　　　　李逵不省得這法，只道和他走路一般。只聽耳朵邊風雨之聲，兩邊房屋樹木一似連排價倒了的，腳底下如雲催霧趲。李逵怕將起來，幾遍待要住腳，兩條腿那裏收拾得住，這腳卻似有人在下面推的相似，腳不點地，只管得走去了。看見酒肉飯店，又不能勾入去買吃。李逵只得叫：

「爺爺，且住一住！」……

　　李逵叫道：「好爺爺！你饒我住一住！」戴宗道：「我的這法第一不許吃葷並吃牛肉，若還吃了一塊牛肉，只要走十萬里方才得住。」李逵道：「卻是苦也！我昨夜不合瞞着哥哥，真個偷買幾斤牛肉吃了。正是怎麼好！」戴宗道：「怪得今日連我的這腿也收不住，只用去天盡頭走一遭了，慢慢地卻得三五年方才回得來。」李逵聽罷，叫起撞天屈來。（第五十三回）

其實這神行法，只須戴宗吃素，別人吃肉也沒關係。純粹是戴宗耍李逵，騙得李逵一聲聲叫「哥哥」「好哥哥」「爺爺」，最後連「好爺爺」都叫了出來。李逵是個粗人，居然自己嚇唬自己的腳，說要用大斧砍了下半截下來。直到李逵承認，果然是偷買牛肉吃了，戴宗才給他解了法。

　　到了羅真人的道觀裏，羅真人不放公孫勝去。公孫勝苦苦哀求。李逵就尋思，莫若殺了那個老賊道，看你求誰去。於是他半夜摸進觀中，把羅真人和一個道童的腦袋都砍了下來。

　　第二天，李逵發現，羅真人和道童竟然都好端端地在那裏，「吃了一驚，把舌頭伸將出來，半日縮不入去」。原來昨天

為孩子解讀《水滸傳》

殺的兩個人是羅真人用葫蘆變的。羅真人作起法來，颳起一陣惡風，把李逵吹入雲端，竟然從薊州府廳屋上骨碌碌地滾了下來，嚇了知府大人一跳：

> 當日正值府尹馬士弘坐衙，廳前立着許多公吏人等，看見半天裏落下一個黑大漢來，眾皆吃驚。……
>
> 馬知府道：「必然是個妖人！」教去取些法物來。牢子、節級將李逵捆翻，驅下廳前草地裏。一個虞候掇一盆狗血，劈頭一淋；又一個提一桶尿糞來，望李逵頭上直澆到腳底下。李逵口裏、耳朵裏都是尿屎。……早有吏人稟道：「這薊州羅真人是天下有名的得道活神仙，若是他的從者，不可加刑。」馬府尹笑道：「我讀千卷之書，每聞今古之事，未見神仙有如此徒弟，即係妖人。牢子，與我加力打那廝！」眾人只得拿翻李逵，打得一佛出世，二佛涅槃。（第五十三回）

李逵渾身屎尿，又被知府好一頓打，只得招供是妖人李二，下到死囚牢裏。李逵卻也有些鬼主意，編些鬼話嚇唬那些獄卒說，我是羅真人的神將，犯了些小過錯，被羅真人丟在這

裏，三兩天後他必來救我。你們要是不給我吃好喝好，我叫你們全家都死！獄卒聽了，反倒怕他，只好天天買酒買肉請他吃，又伺候他洗澡，換衣服。此後李逵只要想吃酒肉，就用這套話嚇唬他們，居然在這裏過得有滋有味。羅真人派神將救他回去時，他還不想走呢！

這一段有甚麼意義呢？沒甚麼意義。甚至邏輯上都有問題，難道宋江在山東苦苦等救兵，戴宗在路上還有空拿李逵尋開心？

其實這些都不重要，重要的是戴宗和羅真人的法術，讓故事好玩了起來。不然的話，你用甚麼辦法才能輕鬆修理這位黑旋風呢？

有了這一回，全書打打殺殺的氣氛就沒那麼緊張。而好殺成性的李逵吃點兒苦頭，給我們當一回笑料，也就沒那麼讓人不舒服了。

你看《西遊記》裏，豬八戒在平頂山巡山，偷懶睡大覺，孫悟空就變個啄木鳥，去啄豬八戒的嘴。在車遲國，兄弟三人變成三清，去吃虎力大仙等人的供品。又撒了三泡尿，哄三位大仙說那是長生不老的聖水，三位大仙真的咕咚咕咚地喝了！

可以這樣說：羅真人這個神通廣大的人物，其實是為捉弄

李逵才編出來的。所以他後來也沒有出現,梁山泊乃至大宋朝廷遇到困難,也沒有再來請他。因為從故事功能上說,已經不需要他了。

無論豬八戒巡山,車遲國留聖水,還是斧劈羅真人,都是給我們帶來笑聲的。一部正經八百的大部頭著作,總得有那麼幾處不正經,才能讓我們覺得輕鬆一些。不然的話,不要說你,就是我讀起來也嫌累呢。

## 梁山好漢為甚麼人人都有綽號？

　　綽號就是我們平時說的外號，可不是今天才有。三千多年前，夏朝的最後一個君主夏桀，就有個綽號，叫「移大犧」。原來，「犧」是牛的意思，夏桀力氣很大，能把一頭大牛推倒，所以別人喊他「移大犧」。這可是個最古老的綽號，今天還有人綽號叫「踢死牛」或者「扳倒驢」，和「移大犧」的意思是一樣的。

　　你讀《水滸傳》，會發現梁山好漢人人都有綽號。

　　梁山好漢要闖蕩江湖，有綽號是很重要的。綽號就是一個人的品牌，有了品牌，江湖上的好漢才會記住你，請你吃飯、留宿，和你交朋友，在你遇到困難時幫助你。

　　人本來的名字，就是個記號，一般是沒有甚麼辨識度的。

比如梁山上有個李忠，從古到今，不知有過幾千幾萬個李忠（我還有個中學老師叫李忠）。可是只要有個綽號打虎將，這個李忠一下子就和那些普普通通的李忠不一樣了——哪怕他武藝不怎麼樣，並沒有打過老虎，也沒關係。

這些綽號，有的好聽，比如玉麒麟盧俊義；有的不好聽，比如白日鼠白勝；有的一聽就知道這個人擅長的武藝，比如大刀關勝就是使大刀的，雙鞭呼延灼就是使雙鞭的，雙槍將董平就是使雙槍的。有的不免有些吹牛，如摸着天杜遷，不知道他是身材高還是輕功好，書裏都沒說，其實是很平庸的一個人。還有幾個好漢的綽號，書裏沒說起名的原因，所以到今天也講不清楚。

梁山好漢的綽號可以分為好多類，最簡單的當然是大刀關勝、雙鞭呼延灼這種，一看就知道他們的特點。另外，還有操刀鬼曹正、神醫安道全、神算子蔣敬、菜園子張青等，都顧名思義，知道他們是幹甚麼的。

還有用長相當綽號的，比如赤髮鬼劉唐，就是說劉唐的鬢邊有一塊紅紅的印記。青面獸楊志，是說他臉上有一塊青色的胎記。

但是最多的，還是用動物當綽號，大致算下來有三、四十

個，有「十虎」「五龍」「三豹」的說法。

梁山「十虎」是插翅虎雷橫、矮腳虎王英、錦毛虎燕順、跳澗虎陳達、花項虎龔旺、中箭虎丁得孫、病大蟲薛永、笑面虎朱富、青眼虎李雲、母大蟲顧大嫂。

用老虎來比喻武將是最合適的。王英個子矮，所以叫矮腳虎。龔旺脖子上繡着虎頭，所以叫花項虎。丁得孫全身都是傷疤，所以叫中箭虎。

「五龍」是入雲龍公孫勝、九紋龍史進、混江龍李俊、出林龍鄒淵、獨角龍鄒潤。龍是不太用來比喻武將的，所以這五個人叫龍，各有理由。公孫勝叫入雲龍，應該是說他神通廣大，神龍見首不見尾。史進叫九紋龍，純粹是因為他身上刺着九條龍。李俊是潯陽江中的好漢，所以叫混江龍。獨角龍鄒潤，是因為他腦袋上有個肉瘤，好像一支龍角。至於出林龍，毫無道理，因為龍並不在森林裏生活，可能是順着獨角龍叫了。

除了「五龍」，還有兩個和龍沾點邊的綽號：出洞蛟童威、翻江蜃童猛。蛟和龍雖然經常合稱蛟龍，但還是有區別的：沒角的叫蛟，有角的叫龍。所以蛟更像大蛇一樣的動物。蜃有兩種說法，一種說法認為蜃是一種大蚌，一種說法認為蜃是蛟的

一種，據說能吐氣變成海市蜃樓（現在已經證明是光線折射的結果了）。

「三豹」是豹子頭林沖、錦豹子楊林、金錢豹子湯隆。林沖是因為頭長得圓而且小，像豹子的頭。湯隆是因為身上有斑點，很像金錢豹。楊林為甚麼叫錦豹子，書裏沒有解釋。

除了虎、龍、豹之外，梁山好漢綽號裏還有其他動物：比如通臂猿侯健、兩頭蛇解珍、雙尾蠍解寶、旱地忽律朱貴。通臂猿當然說侯健身手靈活。兩頭蛇、雙尾蠍是說二解兇猛。忽律就是鱷魚，至於朱貴為甚麼叫旱地忽律，不太清楚，大概是說他在梁山泊岸邊開酒店，像鱷魚傍着岸邊找食一樣。

除了普通的動物，還有神獸，比如玉麒麟盧俊義、摩雲金翅歐鵬。麒麟是古代的神獸，據說出現之後天下太平。摩雲金翅，就是金翅鳥，是佛經裏的一種神鳥，也翻譯成大鵬，善於吃龍。《西遊記》裏獅駝國有三個厲害的妖怪，老大青獅精，老二白象精，老三就是金翅大鵬，飛得比孫悟空的筋斗雲還快。

至於歐鵬為甚麼要叫摩雲金翅，和他的本領沒有關係，而和他的名字有關係。他的名字叫鵬，所以起了個和名字相關的金翅作為外號。

還有一個浪裏白條張順。「浪裏白條」也寫成「浪裏白跳」，到底哪個對，說法很多。有人認為，有一種魚叫「鰷」，浪裏白條就是形容張順游泳像鰷魚那樣快。按這個意思，應該是「浪裏白條」或「浪裏白鰷」。

　　梁山好漢還喜歡用神仙鬼怪當外號，這裏面有立地太歲阮小二、短命二郎阮小五、活閻羅阮小七、井木犴郝思文、母夜叉孫二娘、活閃婆王定六、險道神郁保四等。

　　阮氏三雄的外號，是很有意思的。太歲、閻羅，都是凶神。但是太歲管活人，閻羅管死人。二郎就是二郎神，《西遊記》裏降伏孫悟空的那位。金聖歎說這三個人的綽號有含義：以管活人的太歲開始，以管死人的閻王結束，中間又是短命的二郎神，叫人如何不覺得人生苦短，要圖一個快活。

　　夜叉是佛教的一種惡鬼，孫二娘賣人肉，所以把她比作母夜叉。活閃婆指的是閃電之神電母（《西遊記》裏在車遲國下雨的時候出來過）。活閃，有些地方也叫「霍閃」，就是閃電的意思。王定六跑得快，像閃電一樣，所以叫活閃婆。

　　甚麼是險道神呢？險道神又叫顯道神，也叫開路神。過去的葬禮上，用紙紮成好幾丈高的一對神像，下葬的路上，由人推着走在最前面，迷信的人認為這對神像能讓路上的大鬼小鬼

避開。你如果去農村看葬禮，有時候還能看到。

梁山好漢還喜歡用歷史人物當自己的綽號。最典型的就是小李廣花榮。李廣是漢代名將，是有名的神箭手。小李廣的意思就是像李廣一樣善於射箭。

此外，還有兩位形影不離的小溫侯呂方和賽仁貴郭盛。溫侯是三國時呂布的封號，仁貴就是薛仁貴，唐代名將。呂布和薛仁貴兩個人都擅長使戟，呂方、郭盛也使戟，這三人崇拜呂、薛兩位古人，把他倆當成各自的偶像。

還有兩位用病來當綽號的：病尉遲孫立、病關索楊雄。尉遲就是唐代名將尉遲敬德，關索是傳說中關羽的兒子。孫立、楊雄把自己比成尉遲敬德和關索，這沒有問題，但為甚麼是病呢？（包括病大蟲薛永）難道他們真的都有病？

這個「病」字，現在還有爭論，一個說法是，他們的臉色不太好看，好像生了病一樣。另一個說法是「病」這個字，在宋代有比得上的意思。

宋江的綽號有兩個，一個是及時雨，這在書裏解釋了，是說他喜歡資助人，就像及時滋潤農田的雨水一樣。但是他還有一個綽號呼保義，這是甚麼意思呢？

原來，保義是宋代的一種武官，叫保義郎。當時很多民間

武裝，被招安了之後，朝廷就封他們的首領當官，一般會封個保義郎。呼保義，就是叫作保義郎的意思。

但是，這個名字實在太難懂了，所以江湖上，包括我們讀者，都知道宋江鼎鼎大名的綽號及時雨，而沒幾個知道呼保義。

梁山英雄人人有綽號，這個影響實在太大。明代末年的農民起義領袖，也都有綽號。比如八金剛、掃地王、射塌天、滿天星、破甲錐，甚至李自成號稱闖王，其實也是一個綽號。

甚至梁山好漢的名字，後來又變成了新的綽號，就像花榮拿李廣當綽號一樣。明末的起義領袖裏，張汝金綽號燕青，許得住綽號雷橫，王忠孝綽號宋江。甚至太平天國起義中，翼王石達開還有個綽號，叫小宋公明。

直到今天的武俠小說裏，綽號仍然流行。金庸小說裏的東邪、西毒、南帝、北丐、中神通，就是當時五大高手黃藥師、歐陽鋒、段智興（一燈）、洪七公和王重陽的綽號。其實，今天你上各種社交媒體平台，給自己起的昵稱或 ID 名，也是你的綽號呢。

## 《水滸傳》為甚麼特別愛寫喝酒吃肉？

我喜歡看《水滸傳》，純粹是因為偶然翻到一頁，恰好是吳用勸說三阮取生辰綱：

> 店小二把四隻大盞子擺開，鋪下四雙箸，放了四般菜蔬，打一桶酒放在桌子上。阮小七道：「有甚麼下口？」小二哥道：「新宰得一頭黃牛，花糕也相似好肥肉。」阮小二道：「大塊切十斤來。」……催促小二哥只顧篩酒，早把牛肉切做兩盤，將來放在桌上。阮家三兄弟讓吳用吃了幾塊，便吃不得了。那三個狼餐虎食，吃了一回。（第十五回）

這句「花糕也相似好肥肉」一下子把我「圈粉」了。不要說在深夜餓着肚子看這段是甚麼感覺，就是現在，我看到這句，

還要流口水。天哪，花糕一樣的牛肉，大塊、軟糯，還有美麗的花紋，一下子就切十斤！天底下還有比這更美味的東西嗎？

而且，他們吃完了這十斤牛肉，又吃了五六斤小魚，吳用又拿出一兩銀子，「沽了一甕酒，借個大甕盛了，買了二十斤生熟牛肉，一對大雞」，晚上又大吃了一頓。

後來發現，《水滸傳》裏寫到大碗喝酒、大塊吃肉的場面，簡直太多。

武松當了行者之後，又有一段饞出我口水的描寫。武松在白虎山孔太公莊，搶人的酒肉吃，然而開始時卻故意不說吃肉，而是寫武松嘴裏如何的素淡：

> 武行者過得那土岡子來，徑奔入那村酒店裏坐下，便叫道：「酒店主人家，先打兩角酒來，肉便買些來吃。」店主人應道：「實不瞞師父說，酒卻有些茅柴白酒，肉卻都賣沒了。」武行者道：「且把酒來蕩寒。」店主人便去打兩角酒，大碗價篩來，教武行者吃，將一碟熟菜與他過口。……武松卻大呼小叫道：「主人家，你真個沒東西賣，你便自家吃的肉食，也回些與我吃了，一發還你銀子！」（第三十二回）

225

店主人一再對武松說，確實沒有肉了，武松還是嚷着要吃肉。誰知道又生出變故來。進來一個大漢：

　　　那條大漢引着眾人入進店裏，主人笑容可掬，迎着道：「大郎請坐。」那漢道：「我分付你的，安排也未？」店主人答道：「雞與肉都已煮熟了，只等大郎來。」那漢道：「我那青花甕酒在那裏？」店主人道：「有在這裏。」那漢引了眾人，便向武行者對席上頭坐了。那同來的三四人卻坐在肩下。店主人卻捧出一尊青花甕酒來，開了泥頭，傾在一個大白盆裏。武行者偷眼看時，卻是一甕窨下的好酒，被風吹過酒的香味來。武行者聞了那酒香味，喉嚨癢將起來，恨不得鑽過來搶吃。只見店主人又去廚下把盤子托出一對熟雞、一大盤精肉來，放在那漢面前，便擺下菜蔬，用杓子舀酒去盪。武行者看了自己面前，只是一碟兒熟菜，不由的不氣。正是眼飽肚中飢，武行者酒又發作，恨不得一拳打碎了那桌子，大叫道：「主人家，你來！你這廝好欺負客人！豈我不還你錢？」（第三十二回）

用現在的眼光看，為了吃口肉，竟然可以和人打架，這是

多麼的不可思議。

我們讀名著，不能用現在的眼光看問題。書裏到處寫梁山好漢要吃肉喝酒，恰恰說明，當時的酒肉是很稀缺的。

今天的人，包括你和我，可能都沒有體會過飢餓的滋味。但是在古代，普通人吃飯活命都成問題。就在宋徽宗時期，經濟還算發達，北宋崇寧元年（1102 年）的江浙，大觀三年（1109 年）的秦州、鳳州、成州，都發生了大饑荒。北宋滅亡後，天下大亂，水旱災荒更是數不勝數。宋高宗建炎元年（1127 年），竟然留下了這樣的記錄：

汴京大饑荒，一升米賣到三百文，一隻老鼠賣到數百文，人們靠吃水藻、椿槐葉為生。路上餓死的屍體，轉眼間就被人刮乾淨了肉。建炎三年，山東又鬧了大饑荒，災民開始吃人。當時金兵攻陷了山東，老百姓群起反抗，沒有吃的，就用大車拉着乾屍當糧食。

這不是小說，而是血淋淋的現實。所以當時孫二娘開店賣人肉，並不是多麼稀奇的事情。

普通老百姓吃點兒稀粥餬口，也就算了。但練武之人可不是這樣，蔬菜稀粥是根本滿足不了的。他們天天需要和人比試，要比試，就得有力量；要有力量，就得吃肉。

　　傑克‧倫敦有一篇小說《一塊牛排》，老拳擊手湯姆‧金要上拳擊台比賽，如果贏了，就能得到一大筆錢。但是，他現在窮困潦倒，沒有錢買牛排，只能喝肉汁。結果就因為缺了這塊牛排，他打出的拳沒有力量，被年輕的桑德爾打倒在地，輸了比賽。

　　牛肉可以換算成攻擊的力量。差一塊肉，就差制勝的一拳；差制勝的一拳，差的就是半條甚至一條命。規則就是這樣簡單而殘酷。

　　恰好，魯智深也有一段類似的經歷。他從桃花山下來，走了多半天，肚子裏飢餓，來到瓦罐寺，好容易找到點兒稀粥，卻又聽說是老和尚好不容易弄來的，就不忍心吃。結果他遇到了霸佔寺廟的生鐵佛崔道成和飛天道人丘小乙，與他們爭鬥起來。

　　即使魯智深這樣的英雄好漢，餓着肚子，也打不過本來不如他的敵人。幸虧很快遇到了史進，給了他乾肉燒餅。「吃得飽了，那精神氣力，越使得出來。」

　　酒也是一樣，如果幹了體力活，喝口酒，讓血液發散發散，渾身才會舒服。工地上幹重活的工人，很多是愛喝酒的。普通體力活尚且如此，更不要說每天拿命拚殺的武人。

古人旅行，可不是像我們今天一樣。今天你再窮，也總能買得起一張車票。但大多數水滸好漢，無論嚴寒酷暑，都是靠兩條腿走路的。你想想，你出門上車，下車進屋，在戶外的時間其實很短。寒冬季節，叫你在外面走整整一天，看你能不能受得了！

更何況，古代沒有暖氣，普通的房子並不那麼保暖。這個時候，大口喝酒，大塊吃肉，不是為了享受，而是為了保暖保命（當然現代醫學認為寒冷天氣喝酒並不能保暖，但古人不了解這些）。

所以，林沖在草料場草屋裏覺得寒冷，只得出門買酒買肉吃。武松冬天趕路，「一路上買酒買肉吃，只是敵不過寒威」，這才在孔太公莊搶人的酒肉。今天的我們，吃得飽，穿得暖，即使偶爾少穿一件衣服，少吃一頓飯，也是短短的一會兒，很難理解風雪交加中，肚裏空空的心情。更何況他們還是練武之人，酒肉等於維持他們性命的能量！

因為古代社會，酒肉本來是稀缺的，而好漢們對酒肉的渴求是無止境的，所以他們即使是能吃飽的時候，也不由自主地要成甕吃酒，大塊吃肉，恨不得吃下的酒肉越多越好。這不如說是一種匱乏後的補償心理。

　　《水滸傳》是講給底層老百姓聽的。底層老百姓，和好漢們差不多，也都是幹體力活，大冬天沒車沒轎，只能在外步行。他們需要的，就是疲勞至極的時候，喝一口酒，吃一碗肉。成甕吃酒，大塊吃肉的生活，對他們來說，就是盡着他們的想像，能想像得到的天堂。所以三阮嚮往成甕吃酒，大塊吃肉的生活，吳用抓住他們這個心思，一勸就成了。

　　生物學界有一種理論，人類可以通過基因，將一代代人的記憶傳承下來。我們的祖輩畢竟是從那個時代走來，所以我們體內仍然保留了那個時代的印記。因此直到今天，當我看到《水滸傳》大寫喝酒吃肉時，仍然能體會到一種特殊的美感。這就是快意人生、盡情享受的樂趣。所以我仍然會被「花糕也相似好肥肉」圈粉，也會被李逵「捻指間把這二斤羊肉都吃了」饞得口水直流。沒辦法，《水滸傳》就是靠這個擊中你的心靈，你也無須任何偽裝和掩飾，這是人類最基礎的本能。

# 《水滸傳》中的日常生活是甚麼樣的？

　　《水滸傳》這部書好看，除了一段段熱鬧的故事之外，還在於它寫的當時的市井生活，就是宋元時期的真實場景，非常細緻，用今天常用的話說，就是特別有質感。

　　四大名著中，《西遊記》是寫神仙鬼怪的，沒法真實。誰也沒見過神仙怎麼穿戴。《三國演義》是可以真實的，但這部書是從漢末開始寫的，更像歷史傳記，側重大的歷史變遷，而對日常生活細節沒有那麼關注。真正有質感的，要數《水滸傳》以及後來的《紅樓夢》。

　　市井生活無非衣食住行，我們可以挨個說一說。

　　我們之前專門講過梁山好漢的喝酒吃肉，好漢們並沒有太多細緻的講究，有大碗的酒喝，有大塊的肉吃，就滿足了。但《水滸傳》中老百姓待客還是有講究的，通常是「鮮魚、嫩雞、

釀鵝、肥鮓、時新果子之類」，鮮魚、嫩雞、肥鮓是甚麼呢？

肥鮓其實就是醃魚。不過不是簡單地醃，而是把魚切成小塊，用鹽、酒、香料醃過，再一層層放在容器裏，每一層之間，還要放上米飯。時間久了，就成了鮓。因為古代沒有冰箱，鮮魚只能現吃，所以就用這種辦法讓魚保存得長久。宋代的魚鮓，已經形成了一個巨大的產業，有雪團鮓、鱘魚鮓、春子鮓、荷包鮓等幾十個品種，聽起來都覺得好吃。

鮮魚存不過夜，所以飯店裏也是現買現殺。宋江在江州時，和戴宗、李逵喝酒，叫店裏做了魚湯來，發現是醃的魚。

> 戴宗叫酒保來問道：「卻才魚湯，家生甚是整齊，魚卻醃了，不中吃。別有甚好鮮魚時，另造些辣湯來與我這位官人醒酒。」酒保答道：「不敢瞞院長說，這魚端的是昨夜的。今日的活魚，還在船內，等魚牙主人不來，未曾敢賣動，因此未有好鮮魚。」（第三十八回）

昨晚打的魚，就得醃過，否則沒法保鮮。那麼，漁民打到活魚，是怎麼保鮮的呢？漁民們自有辦法：

李逵不省得船上的事，只顧便把竹笆篾一拔，漁人在岸上只叫得：「罷了！」李逵伸手去艎板底下一絞摸時，那裏有一個魚在裏面。原來那大江裏漁船，船尾開半截大孔，放江水出入，養着活魚，卻把竹笆篾攔住，以此船艙裏活水往來，養放活魚，因此江州有好鮮魚。（第三十八回）

　　李逵把船艙裏擋魚的竹笆篾提起了，放走了一艙活魚，漁民當然不放過他。

　　武松被發配，施恩在他的枷上掛了兩隻鵝，讓武松一路上吃了。可別小看這兩隻鵝，這說明施恩對武松是真的有感情。因為在當時，市場上很少賣鵝。鵝肉特別貴，一隻要賣兩三千文。而一隻雞也就幾十到一百文。這兩隻鵝，現在大概相當於兩隻大龍蝦。施恩要是對武松沒有感情，完全可以給他掛兩隻雞敷衍了事。

　　我小時候，看武松過十字坡，在母夜叉孫二娘的店裏吃飯。孫二娘說：「也有好大饅頭。」就上了一籠饅頭。武松拍開來，問是甚麼餡，孫二娘說是黃牛肉的（其實是人肉的）。我當時就很奇怪，饅頭為甚麼會有餡呢？原來，那時候的饅頭，相當於現在的包子。這裏面有個傳說：

諸葛亮南征孟獲的時候，有人說需要祭神，借來陰兵，才能打敗孟獲。但祭神必須用人頭，神才會出兵。諸葛亮不同意，就用麵將豬羊肉包起來，捏成人頭的樣子祭祀，果然打敗了孟獲。於是人們管這種東西叫「蠻頭」，後來才改稱饅頭。

這個故事，《三國演義》裏也有。直到後來，饅頭的含義發生了變化。現在，北方人管沒餡的叫饅頭，有餡的叫包子。江南地區，不管有餡無餡，都叫饅頭。

武大郎還賣一種東西，叫炊餅。有人以為這是今天的燒餅，其實並不是。炊餅就是今天沒有餡子的饅頭。所以武松對武大郎說，「假如你每日賣十扇籠炊餅，你從明日為始，只做五扇籠去賣。」由此可見，這裏的炊餅是蒸出來的，而燒餅是烤出來的。

你會說，饅頭不是圓圓鼓鼓的嗎，怎麼能叫餅呢？其實最早的時候，人們管所有的麵食都叫餅，後來才管扁扁的麵食叫餅。古人說的湯餅，其實就是今天的麵條。

除了吃飯，人們另一個重大的需求就是穿衣。今天我們無論男女，雖然也戴帽子，進了室內卻要摘下來。古人並不是這樣。古人從生下來到老死，頭髮是不剃也不剪短的，所以一定要戴頭巾。

這種頭巾不是像今天這樣，把一塊布裹在頭上就完事，而是有各種造型。為了撐起造型，有的頭巾裏面還襯上竹條或鐵絲。不同身份的人，戴的巾不一樣。會武功的好漢們，一般戴乾紅凹面巾，這是紗布做的，紅色或青色。文人戴抹眉樑頭巾，就是頭上有一片類似瓦片的布，下邊和眉毛齊平，很像戴着一座小房子。官僚、文人的頭巾都很大，造型很講究。這些人經常說一套、做一套，下層老百姓討厭他們的時候，就喊他們「大頭巾」。所以王矮虎對宋江說：「如今世上，都是那大頭巾弄得歹了。」

　　官員戴的頭巾，又叫襆頭。襆頭有四條帶子，兩根繫在腦後，兩根反過來繫在頭上。孫立和呼延灼打仗，一個戴交角鐵襆頭，一個戴沖天角鐵襆頭。

　　除了頭巾，《水滸傳》裏還寫了氈笠，楊志第一次出場，就頭戴一頂「范陽氈笠，上撒着一把紅纓，穿一領白緞子征衫，繫一條縱線縧，下面青白間行纏，抓着褲子口」。氈笠就是羊毛氈帽。范陽就是今天的北京一帶。這裏接近北方草原，所以羊毛製品比較多。

　　行纏就是綁腿，你如果看抗戰劇，八路軍還裹綁腿，這是為了把褲腿紮起來，所以叫「抓着褲子口」。走長路時，把腿

肚子緊緊綁住,能緩解肌肉的疲勞。所以魯智深從五台山步行去開封,是「鴛鴦腿緊繫腳絣」,這樣一個莽和尚,也要把腿肚子捆得細細的,像水鳥的腿一樣。現在出門都坐車,沒有人走那麼長的路,自然不需要綁腿了。

打綁腿,打起仗來也比較方便,省得褲腿被掛住或絆倒。今天運動服的褲腿仍然用鬆緊帶「抓着褲子口」。你如果看二、三十年前的武俠片,裏面無論男俠客女俠客都是紮着袖口、褲管口,頭髮梳得乾淨利落。今天影視劇裏的俠客全都長髮飄飄、白衣飄飄,其實是不可能的。

梁山好漢中,很多人身上都有文身。史進請人在身上文了九條龍,所以叫九紋龍。阮小五在胸前刺着「青鬱鬱一個豹子」,解寶在兩條腿上刺着兩個飛天夜叉。燕青一身花繡,「卻似玉亭柱上鋪着軟翠」,「若賽錦體,由你是誰,都輸與他」。當時還有一個文身組織,叫錦體社。燕青這一身漂亮的文身,甚至吸引了李師師。

一般來說,文身的人都是好勇鬥狠的青少年。因為文身象徵着勇武,所以軍人也喜歡文身。文身除了刺圖案,還可以刺字。岳飛的背上刺着四個字「盡忠報國」,其實也是一種文身。後來民間把這四個字傳成了「精忠報國」,還編出了岳母刺字

的故事。其實當時文身的風俗很盛，岳飛從小練武當兵，也是一條好漢，自然也喜歡文身。

宋代人的住宅，根據主人地位高低，也分很多種。但是《水滸傳》的作者，似乎社會地位不高，所以他寫平民百姓的住宅的時候，就很真實；寫到皇宮、官府的時候，就沒那麼細緻了。

北宋末年到南宋，北方經常有戰亂。所以為了自衞，一大家族聚居在一起，周圍蓋上城牆，就叫堡聚或堡寨。所以你會看到《水滸傳》裏有那麼多的寨。不光強盜們在山上建山寨，老百姓也建寨。

《水滸傳》裏最有名的堡聚，就是祝家莊。可以說這是當時北方堡聚的真實寫照。祝家莊的格局是：

> 原來祝家莊又蓋得好，佔着這座獨龍山岡，四下一遭闊港。那莊正造在岡上，有三層城牆，都是頑石疊砌的，約高二丈。前後兩座莊門，兩條吊橋。牆裏四邊都蓋窩鋪，四下裏遍插着槍刀軍器，門樓上排着戰鼓銅鑼。（第四十七回）

237

一座小小的村莊竟然有三層城牆，這幾乎就是一座軍事要塞了。而且，祝家莊全民皆兵，甚至佃戶家裏都有兵器：

> 　　莊主太公祝朝奉，有三個兒子，稱為祝氏三傑。莊前莊後有五七百人家，都是佃戶，各家分下兩把朴刀與他。這裏喚作祝家店，常有數十個家人來店裏上宿，以此分下朴刀在這裏。（第四十六回）

　　如果當時社會安定，一個村落裏怎麼可能有護城河、城牆和兵器？

　　古代人口不如今天多，普通老百姓的房子，也相當寬敞。史進家有一座大莊園，周圍都是土牆，牆外有二三百棵大柳樹。可以想見，史進家大概佔地多大！

　　即便是賣炊餅的武大郎，也能住上兩層小樓。書上說，是一座面南背北的樓房，大門靠着街，進門便是客堂，客堂後面是廚房。樓上是一間臥室，一間客座。這種格局的房子，在今天的老城區還能看見。

　　宋代人出門，有錢的坐車、坐轎、騎馬，沒錢的只能走路。但是智取生辰綱的時候，書裏提到一種太平車子：

梁中書道：「着落大名府差十輛太平車子，帳前撥十個廂禁軍監押着車，每輛上各插一把黃旗，上寫着『獻賀太師生辰綱』，每輛車子再使個軍健跟着。三日內便要起身去。」（第十六回）

後來盧俊義要出門，管家李固也給他安排了幾輛太平車子。太平車子是一種甚麼車呢？

太平車是一種大的兩輪車。根據《東京夢華錄》記載，小的兩輪車用一頭牛就能拉動，叫平頭車。大的兩輪車，需要用三四頭牛或十幾頭驢才能拉動，叫太平車。

現在的鄉下，還能看見牛或馬拉的兩輪平板車，你可能覺得這已經很大了。但是太平車需要三、四頭牛拉，比那種馬車還要大得多。《清明上河圖》裏面就畫出了宋代的太平車，一個輪子就有一人多高。

古人沒有載重卡車，也沒有火車輪船，要運大宗的貨物，肯定是把車做大做寬——當然相應地也要增加拉車的牲口。但這也比分散的小車容易運輸。

但是，太平車太過笨重，從大名府到京城，一路上翻山越嶺，十分不方便，而且十分招眼。所以楊志堅決反對，要把生

辰綱裝在擔子裏挑去才安全。他的考慮不可說不周密，只是對手算計得更加周到，這實在是沒有辦法的事情。不幸的楊志已經是盡到最大努力了。

# 金聖歎是如何評點《水滸傳》的？

　　古代的書和今天不一樣，開本比較大，字也比較稀疏。一頁紙的上下兩邊（天頭、地腳）留空白也比較多。所以，讀書的人很容易在上面寫批語，也叫評點或批評。這個批評不是責備的意思，而是批註、評價。

　　這些批語是很隨意的。和今天的「彈幕」「評論」一樣，評價情節、抒發心情、「吐槽」書的內容都可以。短的一兩個字，長的可以有一大段（只要寫得下）。

　　明代通俗小說受歡迎了之後，就出現了一些專門從事評點的文人。明清時的李卓吾（即李贄）、金聖歎、葉畫、毛宗崗、張竹坡、脂硯齋等，都是著名的評點家。書商印書的時候，覺得這些批語實在太好了，就會把它們也印在正文旁邊，就是點評本。

四大名著都曾被許多人評點過。各家評點多了，就有人把他們的批語搜集在一起，印在一本書上。就像滿屏都是「彈幕」一樣，滿頁紙都寫滿了批語，這就叫會評本或匯評本。

　　《水滸傳》這麼有名，當然有許多人給它作點評。明清兩代，有李卓吾、金聖歎、王望如、余象斗等人，而其中最有名的是金聖歎。

　　為甚麼要講這個人？因為金聖歎這個人實在太有名、太有才，又太怪，對《水滸傳》的傳播影響實在太大。

　　金聖歎是明末清初的蘇州人，非常高傲，又非常狂放任性。他評點過許多書，寫的批語甚至比原著都好看。後來他因為反對貪官污吏，被官府逮捕，判了斬首。據說他臨死時還不忘開個玩笑，劊子手行刑的時候，一刀砍下了他的腦袋，突然發現從他耳朵眼裏掉出兩個紙球。打開一看，一個上面寫着「好」，一個上面寫着「疼」。

　　我們在前文講過，《水滸傳》的版本特別複雜，有一百回、一百一十回、一百二十回等許多種。梁山大聚義之前的故事，大體沒有差別，之後的故事就特別混亂。金聖歎從第七十一回處把《水滸傳》攔腰斬斷，又加了一個自己編的結尾。前面的行文，他也做了許多修改，還加上自己的批語。因為這個本子

保留了全書最精彩的部分，所以反而大受歡迎。

我們可以看一段金聖歎的批語。比如景陽岡武松打虎這段，金聖歎是這樣批點的（下文括號裏是他的內容）：

> 武松正走，看看酒湧上來（看他寫酒醉，有節有次），便把氈笠兒掀在脊樑上（冬天也，偏要寫得熱極，後到大蟲撲時，忽然驚出冷來，絕世妙手），將哨棒綰在肋下（哨棒十一），一步步上那岡子來。回頭看這日色時，漸漸地墜下去了（駭人之景。我當此時，便沒虎來，也要大哭）。此時正是十月間天氣，日短夜長，容易得晚（自註一句）。武松自言自說道：「那得甚麼大蟲！人自怕了，不敢上山。」（又作一縱）武松走了一直，酒力發作（醉），焦熱起來（熱），一隻手提着哨棒（哨棒十二），一隻手把胸膛前袒開（畫絕），踉踉蹌蹌，直奔過亂樹林來（駭人之景，可知虎林）。見一塊光撻撻大青石（奔過亂林，便應跳出虎來矣，卻偏又生出一塊青石，幾乎要睡，使讀者急殺了，然後放出虎來，才子可恨如此），把那哨棒倚在一邊（哨棒十三），放翻身體，卻待要睡（驚死讀者），只見發起一陣狂風來。

......

　　那一陣風過處，只聽得亂樹背後撲地一聲響，跳出一隻吊睛白額大蟲來（出得有聲勢）。武松見了，叫聲：「呵呀！」從青石上翻將下來（有此一折，反越顯出武松神威，不然，便是三家村中說子路，不近人情極矣），便拿那條哨棒在手裏（哨棒十四），閃在青石邊。（一閃）......

　　（以下人是神人，虎是活虎，讀者須逐段定睛細看。我常思畫虎有處看，真虎無處看；真虎死有處看，真虎活無處看；活虎正走，或猶偶得一看，活虎正搏人，是斷斷必無處得看者也。乃今耐庵忽然以筆墨遊戲，畫出全副活虎搏人圖來。今而後要看虎者，其盡到《水滸傳》中，景陽岡上，定睛飽看，又不吃驚，真乃此恩不小也......東坡畫雁詩云：「野雁見人時，未起意先改。君從何處看，得此無人態。」我真不知耐庵何處有此一副虎食人方法在胸中也。聖歎於三千年中，獨以才子許此一人，豈虛譽哉！）（第二十三回）

　　金聖歎寫的是文言文，但是比較淺白，並不難懂。這些批語，大多數是點出作者的寫作意圖的。

比如為甚麼要寫武松把氈笠兒掀在背上，金聖歎點出，是因為熱。明明是冬天，卻偏偏熱，這就是一個反轉。結果後來遇到老虎，又驚出一身冷汗，這又是一個反轉。連續幾個反轉，劇情就有了張力，我們也就更加感同身受。因為即便是現在，影視有圖像有聲音，還不能把觸覺拍出來；而身體的感受的變化，施耐庵卻注意到了，金聖歎也注意到了。

　　金聖歎又點出武松的心理。開始的時候在酒店，店小二告訴他有老虎，武松不信，這是一縱。等到看見官府的榜文，才知道真的有老虎，這是一收。誰知走到山上沒看見老虎，武松自言自語道，哪裏有老虎，是人不敢上山，又是一縱。只武松的心理，就有幾收幾縱，這些細微之處，金聖歎都一一點了出來。直到武松看見大青石，還沒老虎，要躺下睡覺，徹底放鬆了警惕，寫作者才把老虎放出來。這當然要讓讀者「急殺」「驚死」。

　　這一招也被央視版電視劇《水滸傳》學去了。武松上了景陽岡，躺在石頭上睡覺，忽然驚醒，我們只以為是老虎來了，誰知卻是一隻松鼠。但給觀眾造成的心理衝擊是巨大的。

　　我讀這段時，和金聖歎點出的感覺是一樣的。武松和宋江分別的時候，手裏就提着哨棒，然後這根哨棒一直不離手，以為一定是打虎的兵器。結果他「盡平生氣力」一劈，竟然沒劈

到，最後是徒手把老虎打死的。這可說是把讀者耍得團團轉了。然而這正是「意料之外，情理之中」，故事好看就好看在這裏。

「武松打虎」一直是中小學課本中的篇目。你如果學過，可以回憶一下，你們老師分析這篇課文，也大體上是講這些內容。這種分析方法不是你們老師的獨創，根源在金聖歎這裏。他解讀《水滸傳》以及其他名著的方法，可以說影響了後人幾百年，到今天還有用處。

另外，金聖歎還改了許多細節。比如「掀在脊樑上」，明代版本是「背在脊樑上」，「背」是一個靜態的動作，就不如「掀」有動感，更能體現武松喝醉了燥熱的樣子。

金聖歎讀書非常細緻，能夠在字裏行間點出作者的意圖，這和今天講究的文本細讀是完全符合的。文本細讀是一種很寶貴的能力，能讓你看出文字背後的意思，讓你的思維變得精緻細膩。我能研究古代文學，也能寫一點兒小說，對文字很敏感，可以說與少年時熟讀金聖歎的批語是分不開的。

金聖歎也喜歡惡搞。比如第三回，魯智深因為想吃酒肉，偷跑下山，找了個小酒店。店小二端出了狗肉，讓他蘸蒜泥吃。他在這裏惡作劇似的批了一句「少間吐出，臭不可聞」。

因為書中馬上就接着寫魯智深喝多了，回到五台山大鬧了一場，把白天吃的狗肉都吐了出來。這就是「劇透」了。

金聖歎還總結了許多《水滸傳》的寫作方法，這些方法，到今天，都有十分重要的價值。你讀懂、學會了這些方法，就能寫出漂亮的作文。

比方說，有一種方法叫「草蛇灰線法」，就是說《水滸傳》裏經常斷斷續續地寫一些看似用不到的東西，然而並不是亂寫的，而是時刻提醒讀者，關注它們。等到了關鍵時候，它們就會發生作用。

比如金聖歎注意到，武松打虎這一段，作者一直在寫他的哨棒。出門就「提了哨棒，便走上路」，進門就「把哨棒倚了」，走路也要「橫拖着哨棒」。他一直數着作者提到哨棒的次數，剛才摘抄的那段，是第十一、十二、十三、十四次，連下文一共寫了十六次哨棒。

寫這麼多次哨棒做甚麼用呢？原來：

> 武松見那大蟲復翻身回來，雙手掄起哨棒，盡平生氣力，只一棒，從半空劈將下來。只聽得一聲響，簌簌地將那樹連枝帶葉劈臉打將下來。定睛看時，一棒劈不着大

蟲。原來慌了，正打在枯樹上，把那條哨棒折做兩截，只拿得一半在手裏。（第二十三回）

金聖歎評這段說：「盡平生氣力矣，卻偏劈不着大蟲。」「半日勤寫哨棒，只道仗它打虎。到此忽然開除，令人瞠目噤口，不復敢讀下去。哨棒折了，方顯出徒手打虎神威來。」

原來作者一路寫哨棒，是有目的的。他讓你時時刻刻記住，武松手裏有一根哨棒，讓你以為一定是打虎的兵器了，結果到最後，哨棒竟然還沒出手就折了，一點兒用場都沒派上！

這十六次哨棒的鋪墊，其實全都為了最後開除它，顯示武松徒手打虎的神威。這哨棒，便是金聖歎說的「其中便有一條線索，拽之通體俱動」。你的老師講課文，一定會講這篇課文是甚麼線索，那篇課文是甚麼線索。你現在看到了，線索就是這樣用的。

還有一種方法，叫「鸞膠續弦法」。鸞膠是傳說中仙人的一種膠，如果弓弦斷了，抹上這種膠，就可以恢復如初。金聖歎用它來比喻如何將兩個故事接到一起。

《水滸傳》是由一段段好漢的故事組成的，前一個好漢的故事快講完了，怎麼引出後一個好漢的故事呢？難道作者自己

說，宋江的故事完了，下面我們講武松，那不就太傻了嗎？

所以，在兩個故事接縫的地方，要安排巧合，就像膠水一樣，把兩個故事黏起來。

你看過《水滸傳》，就會知道宋江認識武松，是因為宋江在柴進莊上做客，武松恰好也在柴進莊上，得了瘧疾，在廊下烤火。宋江不小心把他的火炭踢翻了，引得武松和他爭吵。這個故事，就是一瓶好膠水。因為宋江的故事要結束了，馬上要安排武松出場，怎麼出場才不生硬呢？對啊，讓柴進介紹啊！他是有名的好客，他莊上出現甚麼樣的好漢，不都是很正常的事嗎？

那武松又該怎麼出場呢？雄赳赳氣昂昂地出來？不行，這樣就把宋江最後一場戲搶了。得讓他得病，這樣，才能顯示柴進對他是多麼的粗略，宋江對他又是多麼的細緻。宋江和柴進當時能完美退場。得瘧疾怕冷，所以要烤火，又能提醒讀者當時是冬天，後來打虎、遇到潘金蓮等冬天的故事，就都有了前奏。你看，雖然只是一個烤火的細節，卻隱含着作者許多心思。

金聖歎對《水滸傳》最大的動作，就是將它在第七十回大聚義處攔腰斬斷，又加了自己編的一個驚噩夢故事作為結尾。

249

也就是說，他改造過的《水滸傳》，寫到梁山泊一百零八條好漢大聚義就結束了，後面征大遼、征方臘等故事通通不要。

這個大手術，一直就有爭議。但不可否認的是，金聖歎這一刀，是有他獨到的眼光的。

因為《水滸傳》的藝術成就就體現在前七十回，聚義之後東征西討，反倒平平。保留前面的精華部分，刪掉後面藝術成就不相稱的部分，這是有道理的。

另外，我們說過，水泊梁山是一座烏托邦。這座烏托邦除了投降招安，是沒有出路的。所以，給他們安排甚麼樣的結局，都很難寫好，還不如一刀砍斷，就在最高潮時結束，還能引人浮想聯翩。

金聖歎除了腰斬《水滸傳》引來爭議之外，還有其他爭議。最典型的就是他喜歡自作主張，亂改書裏的文字。有些改得好，有些就未必。

他很討厭宋江，認為宋江虛偽，但實際上並不是這樣。他為了讓宋江看起來更壞，就故意改了許多原文，讓宋江在他的版本裏真的顯得虛偽起來。

但是，大家都不是傻子，只要拿着原文一比對，他不就露餡了嗎？於是金聖歎為了讓大家相信，就說他的這個本子是一

個「古本」，是他不知從哪裏淘來的，而且在自己改的文字下面批了好多「妙絕！」——其實就是他自己稱讚自己。這實在是令人哭笑不得：你難道會在你自己寫的作文旁邊大寫特寫「妙絕」嗎？但金聖歎卻寫得揚揚得意。不過，看在他這樣有才和有趣的分上，這種小事我們就不和他計較了！

# 《水滸傳》為甚麼會有邏輯錯誤？

　　《水滸傳》雖然是廣泛流傳的名著，但並不是由某個人獨立寫成的，而是經過了許多年的流傳，吸收了許多故事進來。這些故事來源不一樣，放到一起，就容易相互矛盾。而且，寫作者也不是對各種領域都有研究的專家學者，編故事的時候，涉及的相關知識，順手就寫了進去。至於是不是符合實際，也不太在意。

　　第一就是季節的問題。

　　比如林沖殺了陸虞候，投奔梁山泊落草，書裏說：

　　　　林沖與柴大官人別後，上路行了十數日，時遇暮冬天

　　氣，彤雲密佈，朔風緊起，又見紛紛揚揚下着滿天大雪。

　　（第十一回）

暮冬天氣，是北方最冷的時候，誰知林沖到了梁山泊，遇到了旱地忽律朱貴。朱貴射出一支響箭，就有小嘍囉搖着船出來，把林沖接上了山。林沖一路上看到的，竟然是這樣一幅景象：

> 山排巨浪，水接遙天。亂蘆攢萬隊刀槍，怪樹列千層劍戟。濠邊鹿角，俱將骸骨攢成；寨內碗瓢，盡使骷髏做就。剝下人皮蒙戰鼓，截來頭髮做韁繩。阻當官軍，有無限斷頭港陌；遮攔盜賊，是許多絕徑林巒。鵝卵石疊疊如山，苦竹槍森森如雨。（第十一回）

　　然而，梁山泊是今天的山東，難道這個天氣竟然沒有結冰嗎？怎麼會有「山排巨浪，水接遙天」的景象？

　　當然，也可以說古代的氣候和今天不一樣，當時的北方，在特殊的年份，真的有不結冰的情況。

　　但是書裏還有第二種錯誤更加普遍，就是地理上的錯誤。

　　比如楊志押運生辰綱，就在路線上出了大問題。

　　楊志出發的地點，叫北京大名府。這個北京不是今天的北京，而在河北省大名縣。而他押送生辰綱的目的地東京汴梁，就是北宋的京城，是今天的河南省開封市。你翻開地圖就可以

知道，楊志只要一路向西南方向走，走不到二百公里，就到了東京汴梁。可是他竟然押着生辰綱朝東南方向走了，跑到山東繞了一個大圈，在鄆城縣附近把生辰綱丟了，天底下哪有這樣的走法？（書裏提到黃泥岡屬於太行山，是另一個問題，在前文提到過。）

宋江被判了刺配江州牢城，就是今天的江西省九江市。路上經過梁山泊，被晁蓋派人劫上山去。但你翻一翻地圖就可以知道，鄆城縣雖然和梁山泊很近，卻在梁山泊的南邊。宋江如果想從鄆城縣到江州，只要一路朝南走就可以了，為甚麼又向北走了幾十里？

而且，宋江在江州題了反詩之後，蔡京叫神行太保戴宗去京城送信，居然又經過了梁山泊！從今天的九江到河南開封，直接通過湖北省進入河南省就可以了，根本不需要繞到山東去。難道梁山泊是一個幽靈湖，可以到處跑的，只要需要它出來攔路，就可以出現在交通要道上？

不光這個，武松回家的路線也很神奇。書裏明說他從柴進在今天河北省滄州市的莊園出來。他要回的家鄉清河，是今天河北省的清河縣。本來是一次省內旅遊，他居然跑到了山東陽谷縣打死了一隻老虎。你翻開地圖就知道，他從滄州到陽

谷，路上是可以經過清河縣的，卻整整多繞了一倍的距離。

不但創作者對北方的路線不熟，對北方的地貌也不熟。我是河北省霸州市人，《水滸傳》寫宋江打遼國。歐陽侍郎說：

> 俺這裏緊靠霸州，有兩個隘口：一個喚做益津關，兩邊都是險峻高山，中間只一條驛路；一個是文安縣，兩面都是惡山，過的關口，便是縣治。這兩座去處，是霸州兩扇大門。（第八十五回）

我這個土生土長的霸州人，看到這段，不由得笑出聲來。霸州和文安，都是一馬平川的大平原。不要說「險峻高山」，就連個小土包都沒有，怎麼可能「兩面都是惡山」？

書裏還有第三種錯誤，就是有些地方不合邏輯，經不起細想。比如梁山好漢為了完成任務，竟然可以帶着大隊人馬在全國亂跑，而沿途的官軍竟然從來不問一句。

梁山泊隊伍的第一次壯大，是宋江帶着清風山的好漢們去梁山泊。路上經過對影山，還接收了呂方、郭盛的人馬，一共約有三四百人。這支隊伍在路上毫無阻擋，也不曾聽說有官軍來圍剿，就平平安安進了梁山泊。

為孩子解讀《**水滸傳**》

　　當然，作者也給出了一個解釋，就是宋江他們打着「收捕草寇官軍」的旗號，這次行程不是很遠，所以路上沒人過問。但後來梁山好漢的動靜越鬧越大，若總是打着「收捕草寇官軍」的旗號，就很難說服人了。

　　梁山泊好漢鬧了江州，浩浩蕩蕩地回梁山泊，路上還接納了黃門山歐鵬等五六百人，行軍路程超過一千五百里，還要渡過淮河、長江兩條大河。難道只要打出「收捕草寇官軍」的旗號，這一路上的城市、關口、渡口，官軍就稀里糊塗地放行？

　　鬧江州之後，梁山好漢的動靜弄得更大了。大軍不但可以在山東境內徹底放飛，想打哪個城就打哪個城，竟然還從山東跑到陝西轉了一圈：

> 前軍點五員先鋒：花榮、秦明、林沖、楊志、呼延灼，引領一千甲馬，二千步軍先行，逢山開路，遇水疊橋。中軍領兵主將宋公明，軍師吳用，朱仝、徐寧、解珍、解寶，共是六個頭領，馬步軍兵二千。後軍主掌糧草，李應、楊雄、石秀、李俊、張順，共是五個頭領押後，馬步軍兵二千。共計七千人馬，離了梁山泊，端的是槍刀流水急，人馬撮風行，直取華州來。（第五十九回）

256

這已經是一支中等規模的遠征軍了（金滅北宋的中型戰役，雙方投入的兵力也不過五千到一萬人）。你看一看地圖就知道，從梁山到華山，幾乎橫跨了半個大宋領土，路上還要經過京城開封附近。就算大宋皇帝再昏庸，難道對這支大搖大擺過境的隊伍視而不見？

　　其實，只要是大部頭的著作，一般都免不了各種矛盾或漏洞。除了《水滸傳》，其他古代名著也有這樣的問題。

　　比如《西遊記》，孫悟空的金箍棒，威力就忽高忽低。在烏雞國的寶林禪寺，孫悟空向和尚們示威，把一個石獅子只一棍，就打得粉碎。可是打黃風怪的時候，虎先鋒把虎皮蒙在石頭上，孫悟空趕來用力打了一棒，這塊普通的石頭竟然把一萬多斤的金箍棒反彈起來，震得孫悟空手生疼生疼。這就是創作者寫着寫着，把金箍棒的設定寫忘了。

　　另外還有一點，《水滸傳》的創作者，除了是南方人，不熟悉北方地理外，對軍事問題似乎也不太熟悉。他寫英雄好漢、人情世故，都寫得入木三分，可是寫到軍事，就一而再再而三地犯錯誤。包括梁山大聚義之後的幾次大戰役，寫得也比之前好漢們的英雄故事遜色得多。在這點上，《水滸傳》是比不上《三國演義》的。

除了創作者自身的問題外，古代小說還有自己的特點。

　　第一個特點是，《水滸傳》這樣的小說，都是來自民間的評書和說唱，有很多套話，比如林沖上梁山的那段，除了「山排巨浪，水接遙天」之外，還有「濠邊鹿角，俱將骸骨攢成；寨內碗瓢，盡使骷髏做就。剝下人皮蒙戰鼓，截來頭髮做韁繩」。林沖這時候還在船上，怎麼可能看見「寨內碗瓢，盡使骷髏做就」呢？這一大段其實是說書先生形容梁山泊的套話，所以不管夏天冬天，一律的「山排巨浪，水接遙天」了。

　　第二個特點是，《水滸傳》是由許多民間流傳的故事組成的，這些故事本來是獨立的，如果在一部大書裏，要把它們串起來，接頭的地方就容易出問題。比如史進故事和魯智深故事，史進老家是陝西華陰縣，要去延安找師父王進，按理說一路向北就可以，誰知他反倒一路向西跑到了渭州，也就是現在的甘肅平涼，當時是小種經略相公種師中的勢力範圍。其實，這是作者想法把史進故事和魯智深故事捏合在一起。魯智深故事既然在渭州，所以史進只能到渭州來。至於合不合實際路線，作者就不管了。

　　當然，作者寫到他熟悉的地方，還是不怎麼犯錯誤的。《水滸傳》寫到征方臘的時候，細到一條河、一座橋，都符合當地

的地理。但一寫到北方，就出問題。大概是因為這位創作者，施耐庵也好，羅貫中也好，都對南方很熟悉，而對北方不熟悉。古代查地圖又不像現在這樣方便，所以就很容易出錯。

第三個特點是，今天的歷史小說，都儘量還原歷史的真相，尤其是細節上、邏輯上，生怕出了問題讓讀者笑話，但古代小說家並不在意這些。例如《封神演義》，講的是商代的事，可是書裏人物的做派、習慣，戰場上的戰爭場面，完全是明代的風格。因為《封神演義》是在明代成書的。《封神演義》裏的人物，既不寫甲骨文，也不用青銅器，反倒在打仗時要「放三聲號炮」——那時候哪有火藥啊！

在這個問題上，清代俞萬春寫了一本《蕩寇志》，倒是作了個解釋。

《蕩寇志》是《水滸傳》的「同人小說」，但俞萬春是痛恨梁山好漢的，所以他讓梁山好漢全都死於非命。但《蕩寇志》裏面有些地方，還是可圈可點。比如書裏寫到軍隊裏使用大炮、鳥槍，他覺得北宋還沒有發明這些東西，讀者會挑毛病，就特意寫了這樣一段話：「看官，那大炮、鳥槍一切火器，實是宋末元初始有。以前雖有硫黃焰硝，卻不省得製火藥。……南宋時尚無此物，況北宋徽宗時乎？今稗官筆墨遊戲，只圖紙

上熱鬧，不妨捏造。不比秀才對策，定要認真。」

　　稗官就是小說家。所以，古代小說家的目的，就是圖個「紙上熱鬧」。用今天的話說，就是一切為劇情服務，只要故事好看，細節和邏輯是可以忽略的。

　　這種寫法，既有好處，也有壞處。壞處就是讓我們較真的讀者讀起來彆扭，覺得不符合邏輯。好處就是，可以把筆墨聚焦到創作者關心的事情上，重點寫的人物、故事會更精彩。這就像單反相機拍人物，人像是清晰的，但不需要對焦的背景就模糊了。你看《水滸傳》的時候，注意力全被主要故事吸引了，霸州到底是山還是平原，江州路上有沒有官軍阻擋，你是不會注意的。等你想起較真來，你已經成了原著的忠實粉絲了！

## 《水滸傳》都有哪些續書？

　　《水滸傳》出版之後，就不停地有人給它寫續書。一直寫到今天，從來沒有斷過。

　　四大名著都有續書，其中《三國演義》的續書是最少的，因為沒法續，再續就是晉代的事了。其次是《西遊記》，明清兩代出現了有限的幾種，因為取經之後就是大團圓，很難續得上。續書最多的當數《水滸傳》和《紅樓夢》。《紅樓夢》是曹雪芹沒寫完，當然許多人有續寫的興趣。《水滸傳》的續書，一般都是從梁山大聚義之後寫起，梁山英雄或戰死，或出海，或再幹一番事業。

　　有人問我這樣一個問題：《紅樓夢》沒寫完，有人寫續書很正常。《水滸傳》無論是哪個版本的故事，征遼國也好，征

方臘也好，不都是很完整的嗎，為甚麼還有那麼多人給它寫續書？」

我的回答是：續書多，既是好事，也是壞事。

說是好事，是因為大家喜歡這部書，才會給它寫續書。續書種類越多，表明大家對它越喜歡。

說是壞事，說明大家對這部書還不滿意，嫌它不完整，所以會有續書。《紅樓夢》當然是不完整的。《水滸傳》雖然完整，在梁山聚義之後的故事卻非常混亂，藝術成就不如前半部分。

為甚麼後面的故事也寫得不如前面呢？

這是因為，《水滸傳》的偉大之處，在於它寫出了十分嚴酷的現實。但它的死穴也在這裏：一路寫到梁山聚義的大高潮才發現，按照這種現實的發展路徑，梁山一百零八位英雄該怎麼收場？

梁山好漢的存在，肯定是因為朝廷黑暗，社會不公；但他們在法律上，又確實是國法不容的強盜，很多人手上還沾着血腥。受招安，違背了之前的初衷；不與朝廷妥協呢，央視版電視連續劇《水滸傳》讓宋江提出了一個問題：「我們難道一輩子做強盜？子孫也做強盜？」這真是一個無解的難題。

而且，梁山好漢上山之前，每個人都是單打獨鬥的英雄，

有個性，有魅力；但上山之後，好漢們勢必生活在一個集體裏。人們看到的，是梁山泊整個集團的形象，好漢們的個性豈不是被泯滅了？

所以創作者安排了一個折中的方案，還是受招安，卻讓他們南征北戰去為朝廷立功，在打方臘的戰場上一個一個戰死，就算償還了之前的罪過。但也不能全戰死，否則讀者不答應，最後剩了一小部分，草草交代一下結局了事。他總不能真的寫推翻朝廷，讓宋江當皇帝吧？

所以，清代金聖歎的辦法，就是乾脆攔腰斬斷，只保留前七十回最精彩的部分。所以金聖歎腰斬之後的《水滸傳》，反倒成了賣得最好的版本。

但是腰斬後的故事，畢竟是不完整的，所以後代就不停地給《水滸傳》寫續書，希望通過自己的理解，給梁山好漢設計結局。

首先要說的是明代蘭陵笑笑生的《金瓶梅詞話》。嚴格來說，它不算《水滸傳》的續書，卻是從《水滸傳》中西門慶、潘金蓮的故事衍生的，算是「同人小說」。這部書幾乎可以和四大名著並稱為五大名著。只是裏面的故事，主要講市井百態和人情世故，離草莽英雄已經很遠了。但因為它影響太過巨大，所

以不得不提一下。

　　接下來就是真正意義的水滸續書。總的來說分正反兩派。喜歡梁山好漢的一派，認為他們是大英雄、大豪傑，就給他們安排好的結局。站在行俠仗義、反抗黑暗的角度來看，確實如此。

　　討厭梁山好漢的一派呢，認為他們是大強盜、大土匪，不把他們凌遲處死不算完。站在國家法律、社會秩序的角度來看，好像也有道理。

　　這像辯論隊的正反兩方，每一方都有站得住腳的理由，彼此辯論了幾百年。


　　清代有一個叫陳忱的人，寫了一部《水滸後傳》。故事是這樣的：梁山英雄征討方臘之後，死傷過半，倖存者有李俊、李應、阮小七等三十二人，從此隱居江湖。但是蔡京、童貫等奸臣還不放過他們，不斷製造借口，一定要將他們斬盡殺絕。英雄們忍無可忍，於是再次聚義，除惡霸、懲貪官、抗官軍。不久金兵入侵，中原淪陷，徽欽二帝被擄。梁山英雄們轉而保家衛國，奮起抵抗。因奸臣賣國，中原大勢已去，英雄們報國無門，只好先後入海，在金鰲島創立了一個王國，推李俊為國王，並幫助宋高宗定都臨安。

這樣一來，算是解決了一個難題，就是讓水滸英雄從抵抗官府轉為抵抗金人。在國家存亡的生死關頭，內部的恩怨是可以放一放的。

　　陳忱是不喜歡宋江被招安的，在書裏，阮小七說：「當日不受招安，弟兄們同心捨膽，打破東京，殺盡了那些蔽賢嫉能的奸賊，與天下百姓伸冤，豈不暢快！」既然不能寫推翻大宋皇帝，就乾脆讓他們去海外自立一國，總算把受招安的那口惡氣稍稍地出了一下。

　　《水滸後傳》也很會寫人物。比如浪子燕青，在後傳裏成了軍師型的人物。他懂得金國語言，就喬裝打扮成翻譯，去見被擄走的徽欽二帝，有膽有識，平靜中帶着沉痛。

　　這段情節乍一看沒甚麼，不就是燕青去看望了一下皇帝嗎？但你可以想一想：宋徽宗成了俘虜，身邊文武百官沒一個管用的。唯一來看他的竟然是一個當年造反的強盜。這是何等的當頭棒喝和諷刺！而其中又帶着人性的溫暖，正像苦果中的一點甘甜，讓人無法言說。而小說中燕青給宋徽宗帶來了青果黃柑，青果黃柑這個道具，正默默地傳達了這個感覺。只有經歷過家仇國恨的人，才能體會出這份感情。胡適先生非常喜歡這段，他說：「古來多少歷史小說，無此好文章；古來寫亡國

之痛的，無此好文章；古來寫皇帝末路的，無此好文章。」

《水滸後傳》出版之後，也十分流行。後來京劇《打漁殺家》，就是根據裏面阮小七的故事改編的。

清代還有一部續書叫《後水滸傳》，接着《水滸傳》往下寫。說梁山英雄死後紛紛轉世投胎，宋江、盧俊義託生為楊么、王摩，吳用託生為何能。南宋建立之後，朝政腐敗，楊么、王摩集合了三十六個弟兄，在洞庭湖君山聚義，劫富濟貧，對抗官軍。朝廷派岳飛征剿。楊么等人戰敗後，從地道逃走，回到龍虎山，重新進入伏魔殿的洞裏，不再出世。

這部書也是反對招安的，所以把宋江轉世的楊么寫成一個智勇雙全的好漢。楊么受了九天玄女教的武藝，神勇無比，很像武松、魯智深一類的剛健豪俠。

然後就是清代俞萬春的《蕩寇志》。俞萬春是極度討厭梁山好漢的，認為他們根本配不上「忠義」二字。他說：「既是忠義，必不做強盜；既是強盜，必不算忠義。」於是，在《蕩寇志》裏，梁山好漢就連招安都是沒有資格的。書裏寫張叔夜率領三十六位英雄，征討梁山泊，把梁山好漢殺得七零八落。

剩下的宋江等人被押到京城，一律凌遲處死。可見俞萬春是多麼恨宋江了。為甚麼張叔夜這幫人比梁山好漢還厲害呢，最後謎底揭開，原來張叔夜和眾英雄都是上天派下的雷將轉世，所以能攻無不克、戰無不勝，打敗宋江自然不在話下。

憑良心說，《蕩寇志》這部書的文筆還是相當不錯的，裏面的女主角陳麗卿更是有血有肉，所以也收穫了不少「粉絲」。《蕩寇志》成書的這時候已經是十九世紀，所以裏面還出現了很多高科技武器，有點科幻片的感覺。比如裏面有一種沉螺舟，「形如蚌殼，能伏行水底。大者裏面容得千百人，重洋大海都可渡得，日行萬里，不畏風浪」，這就是潛水艇嘛。還有一種鏡子，可以把太陽真火射到敵人身上，估計作者是聽了阿基米德用鏡子反射陽光燒戰船的故事。就連魯迅先生對這部書也是又討厭又喜歡，說它文筆不錯，描寫不壞，只是思想太煞風景。

《蕩寇志》裏也有奸臣，俞萬春自己寫的英雄，也受過不公正的對待，全都落草為寇。比如裏面有個叫劉廣的人，智勇雙全，卻被高俅的兄弟高封陷害，被革職抄家。楊騰蛟殺賊有功，卻被蔡京陷害追殺。但是這些人永遠不懷疑朝廷，不懷疑皇帝，更不可能造反。

陳麗卿的父親是八十萬禁軍教頭陳希真，他和女兒受到高俅迫害，反出京城，在風雲莊遇到了雲威。雲威教導他說：「你此去，須韜光養晦，再看天時。大丈夫縱然不能得志，切不可怨悵朝廷，官家須不曾虧待了人。」

朝廷永遠正確，不許懷疑。可是永遠正確怎麼會出現那麼多奸臣呢？這就是這部書解釋不了的地方。

民國時又出了不少五花八門的《水滸傳》續書。著名作家張恨水寫過一部《水滸新傳》，是講梁山英雄抗金鬥爭的。當時正值日本侵華，所以這部書特別能激發人們的鬥志。尤其是宋江之死，是被金人捉住，不肯屈服，服毒自殺。這就把宋江改寫成一個烈士了。

當然，和寫《蕩寇志》的俞萬春一樣，民國時仍然有討厭梁山英雄的人在寫續書。民國時出版過一部《殘水滸》，說梁山內部鬧分裂，眾頭領互相殘殺，宋江眾叛親離，被張叔夜擒拿。甚至說宋江是射死晁蓋的真兇。

清代的《蕩寇志》出版之後，大家實在不喜歡這種板着面孔教訓人的樣子，於是當代又有一個網名叫「教頭林沖」的人，像鬥嘴一樣給這部水滸續書又寫了一部續書，叫《結蕩寇志》，大概意思是說宋江等人被張叔夜擒獲後，各路英雄劫法

場，救了宋江等人。梁山好漢散落各地起義軍中，繼續抵抗朝廷。

《結蕩寇志》是今天的網絡作品，當然比《蕩寇志》更不出名。但這件事有意思之處在於，這說明，對《水滸傳》價值的正反兩方面的評價，從來就沒有停止過，而且雙方似乎都有各自的道理。《水滸傳》原著的複雜性和發人深思就可想而知了。

或許，這正是《水滸傳》永恆的魅力。

# 後　記

　　寫完《為孩子解讀〈三國演義〉》之後，我信心滿滿地接受了出版社《為孩子解讀〈水滸傳〉》的創作任務。

　　我原本以為，這件事容易得很。因為在四大名著裏，《水滸傳》和《西遊記》一樣，是我最熟的著作。我甚至還可以模仿《水滸傳》的文筆和金聖歎的批語，讓人分不出真假。

　　但是一寫起來，我發現我錯了。因為《水滸傳》太複雜。最初我試圖用幾千字的篇幅把每個人物講清楚，後來發現越寫越多，涉及的問題越來越廣。回答了一個問題，馬上面臨着下一個問題。

　　可以一路歌頌武松的反抗精神，但又如何解釋血濺鴛鴦樓？

　　可以像明清評點家那樣，熱情讚賞李逵的單純，但又如何

解釋他亂掄斧子砍人？

　　當然，也可以像某些學者說的，「《水滸傳》就是中國人的精神地獄」，但又如何正視其中奮起反抗、行俠仗義的故事？

　　但寫着寫着，我慢慢明白了一件事：我們讀古代的文學作品，應該使用一種眼光，叫作理解之同情。是尋找作品本身的邏輯，而不是拿着自己的邏輯要求作品。

　　任何一個拿着自己的標準衡量《水滸傳》的人，最後都會陷入泥潭。只有找出《水滸傳》裏的人物說話、做事的邏輯，你才更能理解他們為甚麼要這樣做；我自己在特定的條件下，是不是也會這樣做。

　　其實，這個世界上，所有人的邏輯都是不一樣的。聰明人和笨人的區別在於，聰明人總能儘量理解別人的邏輯，而笨人總是覺得世界應該按照我的邏輯運行。

　　我雖然愛看《水滸傳》，也曾經懷疑，《水滸傳》是不是過時了？《水滸傳》是武俠小說的鼻祖，然而現在，看武俠小說都過時了，流行的仙俠、玄幻、奇幻豈不更吸引人？那裏面的英雄，動輒法力無邊。難道不比梁山好漢厲害百倍？

　　然而後來，我弄清楚了。這個世界上，文學作品可以分為兩類。

一類是作者絕不會去碰他解決不了的問題。主人公永遠能逢凶化吉，大俠們想殺人就殺人，想復仇就復仇。大俠沒有固定的收入，卻永遠能拿出大把的銀子。路上永遠不會碰上前不着村後不着店的時候，永遠有個悅來客棧接待住宿。

　　很多大俠都父母雙亡，不需要考慮掙錢養老，也不需要考慮傳宗接代，生了孩子不需要人帶，莫名其妙就長大了。

　　當作者覺得他控制不了局面的時候，就人工降神，把這條故事線砍掉。比方說，安排人物突然死亡，或者讓陷入困境的人物突然撿到一本祕籍、一疊銀票，或者乾脆假裝看不見這些問題。

　　還有一類就像《水滸傳》。《水滸傳》的設定實在真實。英雄也會得病，也要吃飯，也有老小需要照顧。淪落成囚犯，也會受到差役的欺壓。手裏沒了錢，一樣走投無路，需要變賣祖傳寶刀。

　　所以，比起《西遊記》來，《水滸傳》在這方面更偉大。《西遊記》裏，孫悟空每到沒辦法的時候，總有觀音菩薩或如來佛祖出手相助，但《水滸傳》裏，沒有人可以依靠。

　　所以《水滸傳》最後，也沒有解決招安還是造反的問題。不要說《水滸傳》，這是幾千年來民間起義領袖的難題。作者

讓他們招安後再一個個陣亡、被害，應該說是最好的解決方案。歷史上，眾多被招安領袖的下場，就是這樣的。

當然，筆在創作者手裏，只要寫一句「宋江等人全夥招安，為國屢立戰功，封妻蔭子，世代富貴簪纓不絕」，不就完了嗎？但是，那就是廉價的結尾。只要有了這句話，作品的格調馬上變得卑微了。

事實上，俞萬春的《蕩寇志》，最後一句話就是這樣的：「從此百姓安居，萬民樂業，恭承天命，永享太平。」然而張叔夜擒宋江是 1121 年，北宋滅亡的「靖康恥」是 1127 年，合算這「永享太平」也就六年時間！

以俞萬春的學問，他當然知道「靖康恥」的時間，但他就是我們說的第一類作者，他不敢，也沒有能力去面對這個問題。只能藉口反正我這是小說，糊弄過去就算了——他真以為，天下就從此太平了？

雖然只有一句話，卻體現了偉大作品和平庸作品的差距。

這個系列的第一本書，是《為孩子解讀〈西遊記〉》，出版之後，受到不少好評。責任編輯王苗老師建議我把四大名著的其他三本，也如此這般地解讀一遍。我開始時還猶豫，因為我

最熟悉的是《西遊記》,其他三本會解讀成甚麼樣,我並沒有把握。

但是,在本書簡體版責任編輯王苗老師的幫助下,我還是上路了。再次細讀《水滸傳》和《三國演義》,我果然又有了許多新的體會。寫這一系列小書的過程,就是我自己重新學習的過程。

你的大朋友　　李天飛

責任編輯：楊歌
裝幀設計：鄧佩儀
排版：鄧佩儀
印務：劉漢舉

# 為孩子解讀《水滸傳》

李天飛 / 著　　黃簫 / 繪

**出版 | 中華教育**

香港北角英皇道 499 號北角工業大廈 1 樓 B

電話：(852) 2137 2338 傳真：(852) 2713 8202

電子郵件：info@chunghwabook.com.hk

網址：http://www.chunghwabook.com.hk

**發行 | 香港聯合書刊物流有限公司**

香港新界荃灣德士古道 220-248 號 荃灣工業中心 16 樓

電話：(852) 2150 2100　傳真：(852) 2407 3062

電子郵件：info@suplogistics.com.hk

**印刷 | 美雅印刷製本有限公司**

香港觀塘榮業街 6 號海濱工業大廈 4 字樓 A 室

**版次 | 2021 年 6 月第 1 版第 1 次印刷**

©2021 中華教育

**規格 | 32 開（210mm x 148mm）**

**ISBN | 978-988-8758-77-7**